Lorie Pester.

LES CHOSES DE MA VIE

Imprimé en France par Normandie Roto s.a.s. (1802539)
Dépôt légal : septembre 2018
ISBN : 978-2-3647-8147-4

52, boulevard Malesherbes – 75008 Paris

Lorie Pester.

LES CHOSES DE MA VIE

Recueil de nouvelles

LES EDITIONS IPANEMA

Sommaire

« Les souvenirs sont les meilleures choses de la vie, je pense. »

Romy Schneider

Avant-propos

Cinq années sans chanter. Des mois de réflexion, de doutes, de questions sans réponse et un milliard de bonnes raisons pour ne rien faire, pour ne pas bouger. J'ai longtemps repoussé mon retour à la musique, convaincue qu'on ne m'attendait pas ou plus, qu'on ne serait pas prêt à accepter autre chose de moi que « la meilleure amie ».

Pourtant, en novembre dernier, j'ai sorti un album, sincère, baptisé : *Les Choses de la vie.* Qu'est-ce qu'un album sincère ? Spontanément, je dirais que c'est une création moins calibrée pour le succès, pétrie de choix artistiques assumés qui ne correspondent pas forcément à ce qu'on peut attendre d'une chanteuse telle que moi, mais qui traduit une envie, un état à un moment précis. Personnel, sans aucun calcul commercial. La référence aux *Choses de la vie* de Claude Sautet avec la magnifique Romy Schneider donnait déjà un peu le ton. Lorie et la mélancolie de ce cinéma-là sont deux choses qu'on n'associe pas forcément. J'ai pris un soin particulier à la construction d'une image positive. Ma vie, un feu d'artifice. Une patinoire sans aspérité, si lisse que j'y exécute des triples axels parfaits. Malgré ce tracé sans embûche, je porte aujourd'hui, comme tout le monde, les traces et les cicatrices d'une vie qui se remplit de joies et de peines. Jusqu'à présent je me suis toujours interdite de traduire ces émotions en musique. J'en ressens désormais le besoin irrépressible.

Cet album, je l'ai voulu intime, moins « positive attitude ». Je souhaitais sortir du discours convenu d'ordinaire livré aux médias et lâcher des choses sans filtre, me libérer de ma carapace, au moins le temps de l'exercice. Me raconter, me reconnaître dans une sorte d'album miroir. La sincérité s'exprime bien sûr dans les thèmes abordés mais aussi dans une approche musicale très sobre, privilégiant la voix et les textes. Douze chansons, douze moments de vie, des choses de la vie. Des petits instants d'émotions de trois minutes qui m'ont rendue heureuse et parfois un peu frustrée, aussi.

À quoi tient l'idée d'un livre parfois ? À cette frustration justement. Celle du temps trop court en musique. Trois petites minutes pour raconter de grandes histoires, c'est court. Le temps long est celui de l'écriture, c'est pourquoi j'ai voulu poursuivre l'aventure des *Choses de la vie* par un livre. Creuser, approfondir, partager mon vécu et savourer. Celles et ceux qui liront ce livre s'y reconnaîtront, je l'espère. On partagera alors des bribes de nos existences, des sensations communes pour tisser un lien différent entre nous. *Les Choses de MA vie* est un patchwork des histoires qui jalonnent mon existence, certaines m'ont fait souffrir, d'autres m'ont rendue heureuse. Mon éditeur appelle cela un recueil de nouvelles autobiographiques, désordonné, perfectible mais honnête. Je vous raconte ma vie comme je le fais avec mes amis, pas forcément dans le bon ordre, avec la seule volonté de partager.

J'ai voulu un livre d'échantillons, sans début ni fin. Simplement vous raconter mon bordel à la manière d'un album qu'on écoute... avec les yeux. Écrire, particulièrement un texte autobiographique, relève d'une envie très égoïste, voire narcissique. Je ne pourrai empêcher les mauvais esprits d'y voir « le énième bouquin d'une chanteuse qui confond son nombril et l'univers ». Peut-être auront-ils raison, peut-être aussi que je m'en fous ! Pourquoi l'ai-je fait ? Pour moi. Parce qu'écrire a été un traitement qui n'aurait jamais été efficace si je ne l'avais pas fait pour être lue. Écrire pour soi, je l'ai toujours fait. On se parle, et après... Tantôt trop indulgente, tantôt trop sévère, le curseur n'est jamais juste. Écrire pour livrer ses confidences, se soumettre au jugement, revêt un tout autre aspect et apporte une dimension différente à ses écrits. Ils sont actés, offerts aux regards, aux réflexions, aux réactions. Là, le livre prend un sens personnel, légitime.

C'est aussi la raison pour laquelle je n'ai pas laissé à un autre le soin de le faire à ma place. Je ne me voyais pas assise face à un biographe fantôme, lui raconter ma vie et apposer mon nom sur la couverture. Inconcevable. Ce projet n'a pas été sans un certain travail. Écrire des chansons et écrire un livre sont deux activités distinctes, surtout lorsqu'il comporte la mention « adapté de faits réels » ! La source est forcément fiable... Encore fallait-il qu'elle puisse se livrer. Je ne me sentais pourtant pas prête. Il y a eu de la lecture, du travail, des copies revues et corrigées et, comme pour l'album, une appréhension sincère.

Espérer humblement, avec ce livre, apporter de l'aide à quelqu'un, est un vœu pieux que je formule depuis la toute première ligne rédigée. Suis-je légitime pour le faire ? Je ne m'excuse pas d'être là, je vis les mêmes choses que tout le monde, avec cependant la responsabilité de divertir toujours, de donner de l'amour et de l'espoir, même ravagée par la tristesse.

Raconter mes joies, mes blessures, mes doutes, partager mes passages à vide, mes apprentissages, mes voyages, mes fiertés, comme dans un album, tout simplement raconter la vie. Voilà ce que j'ai voulu faire.

J'ai froid,
je tremble,
j'ai peur

J'ai froid, je tremble, j'ai peur.

Je crois n'avoir jamais été aussi mal. Je n'ai pas encore été shootée pourtant, autour de moi, des ombres terrifiantes s'agitent.

Elles tourbillonnent. Toujours plus vite. Au rythme de mon cœur qui, sur le point d'exploser, lui aussi s'emballe. Le froid me ronge les os, un par un. Dans cette pièce surchauffée, je grelotte. Rien ne va plus malgré les paroles rassurantes que j'entends à peine : « Tout va bien se passer », « Ne vous inquiétez pas », « Dans quelques heures vous serez de retour ».

Je pensais être aguerrie. Après six interventions, je me disais que les chirurgiens, les infirmières, je connaissais. L'odeur de Bétadine dans les couloirs, les piqûres, les perfusions, les cicatrices… j'ai l'habitude.

Mais là, j'ai froid, je tremble, et j'ai peur.

Les ombres se mettent à nouveau en mouvement, entourent mon lit et le poussent en direction d'un long couloir sordide.

Je ne veux pas y aller. Il faut faire attention. Ne rien dire à personne. Éviter la presse, ces chacals de paparazzis qui rôdent probablement dans les parages. Ça va se savoir. Quelqu'un va parler. Qui ? Une de ces ombres ? Je panique. Des bouffées paranoïaques m'envahissent. Les antidouleurs me rendent folle.

Je ne veux pas être ici. Je ne veux pas y aller. Ce n'était pas prévu. Il y a quelques heures, j'étais chez moi. Je me tordais de douleur, mais j'étais dans mon lit. Laissez-moi souffrir et pleurer seule. Je voudrais me tirer mais je n'y arrive pas. Trop mal, pas assez de force. Les portes d'un grand ascenseur, gris, moche, puant l'acier s'ouvrent comme pour me dévorer. On descend, moins un, moins deux, je peux visiblement tomber encore plus bas…

Autour de moi, les ombres sont sereines. Elles ne bougent plus. Entre elles et moi, un gouffre. Alors que je vis les pires heures de mon existence, elles, vivent une énième journée de routine médicale avec une patiente impatiente. Une de plus.

L'ombre se fait fille et voit que je l'observe. Elle m'offre un sourire rassurant que je ne le lui rends pas, je n'en ai pas envie. Je l'observe mais mon regard fuit par-delà sa silhouette. Mes yeux accrochent au hasard un détail de son visage, une inscription sur sa blouse. J'ai mal, je ne veux pas sourire, je veux crier. Je ne suis pas sur scène, ni sur un plateau. Je ne suis que douleur. Je ne me sens donc redevable de rien. Ni à elle, ni aux autres. Dans quelques minutes, je serai au bloc, offerte aux scalpels, laissant la femme que j'ai été. Qui voudrait sourire à ça ?

La gueule de l'ascenseur s'ouvre enfin dans les sous-sols. Un voyage interminable qui s'achève deux étages plus bas, dans les entrailles du service. Je glisse sous le faux plafond. L'odeur a changé. La lumière aussi.

Ça sent le trop : trop propre, lumière trop blanche et trop forte, silence trop lourd.

Les ombres me plaquent contre un mur glacé. Toujours ce froid qui me bouffe sans que personne ne veuille l'en empêcher. Des silhouettes passent et m'ignorent. Je suis invisible, ça me va. Je cache mon visage sous les draps en espérant qu'on m'oublie. Peut-être vont-ils annuler l'opération ! J'y ai presque cru jusqu'à ce que mon lit se remette à bouger. Mon pouvoir d'invisibilité n'a pas fonctionné.

En franchissant les portes de la salle d'opération, j'abandonne toute volonté de fuite. Je ferme les yeux, me laisse manipuler. Ce n'est pas facile, mais je renonce à résister. La lumière crue des lampes est éclipsée par le visage du médecin anesthésiste qui se penche sur moi. Il m'explique ce qui va se passer. Sa voix paraît lointaine et je me fous de ce qu'il me raconte. Je veux que tout s'arrête, définitivement. Si je ne suis pas capable de donner la vie, qu'on me donne la mort. Les ombres se sont remises à tourner autour de moi et la douleur, cette garce, resserre son étreinte.

Il prend ma main pour me piquer mais ma température corporelle a visiblement fermé tout accès à mes veines. La tremblote complique davantage le geste.

Un essai, un second. Tandis que l'anesthésiste s'épuise, je lui explique qu'il faut faire attention, que les paparazzis sont partout. Quelqu'un va vendre la mèche, parler de ma présence ici. Les ombres sont toutes des « indics » potentiels pour cette presse poubelle. Combien pour une photo de moi au bloc ? Combien pour un coup de projecteur sur mon intimité ?

Toujours pas de veine. « Endors-moi qu'on en finisse. » Je ne tremble plus, je convulse littéralement dans un délire paranoïaque. La couverture chaude dont me recouvre un jeune médecin aux gestes empreints de douceur n'y change rien. Je ne ressens plus l'agréable. Mon corps est un agrégat de douleur, de peur, de frissons et de tremblements.

Dans mon ciel, des regards planent. Sur les visages les lèvres bougent. On dirait qu'elles me parlent. Je comprends à leur sourire que ce sont des mots gentils, des mots pour me calmer, mais qui ne fonctionnent pas. À la douleur vive dans ma main, je déduis soudain que l'anesthésiste a ouvert une brèche vers mon sang. Les regards doux, les paroles sucrées et les sourires étaient une diversion pour y parvenir.

Cette fois on y va. Masque sur le nez, le voyage vers les limbes peut commencer. Je dois respirer fort, je fais ce que je peux. J'ai l'impression d'étouffer. Au-dessus de moi, une ombre tient fermement ce foutu masque sans jamais croiser mon regard. J'essaie de lui faire comprendre que je veux l'enlever. Elle ne me regarde pas. Je panique. Je veux la frapper. Je veux tout arracher. Avec les bras attachés. Impossible de bouger. Je ne peux plus rien faire. Juste pour une fois ne pas résister. L'anesthésiste me prévient qu'il va injecter le sédatif. Je refuse d'un mouvement de tête. Il y a quelques minutes je voulais dormir, oublier, et voilà que je le supplie du regard. Je ne veux plus. Pas maintenant. Je m'imagine en vie dans un cercueil tandis que les ombres s'apprêtent à refermer le couvercle. Il fait comme si de rien n'était, et je sens le produit chauffer mon bras. Quelle sensation que cette morsure brûlante dans ce corps froid ! Je lâche prise.

Mes yeux se brouillent, se ferment lentement. Comme pour empêcher mes larmes de couler.

* * *

Les printemps de mon enfance sont ensoleillés. Ils annoncent mon anniversaire et des instants délicieux partagés en famille. Sur les photos, dont on croirait qu'elles ont toutes été prises un dimanche de mai, on voit des gens heureux en tenue légère. On se promène dans la forêt, mon père semble apaisé, ma mère est radieuse. Entre ces deux jeunes adultes, il y a une gamine sur un vélo tout neuf, ou parfois en rollers. La môme, c'est moi à mon anniversaire. Je suis la reine du jour. Je sais ce qu'il y a avant cette photo. Des rires, le gâteau préparé la veille par ma mère, les bougies que je viens de souffler et le papier cadeau que je déchire en exultant. Après le petit cérémonial, nous partons dans les bois avoisinant pour une promenade qui ponctue un moment d'enfance parfaite. J'exhibe mes cadeaux dans cette procession familiale. Je pose pour les photos, fière et heureuse.

Chaque printemps de ma vie d'adulte me ramène immanquablement à cette journée. Nous y sommes. Paris est baigné d'une lumière neuve que les mois passés nous ont fait oublier. Au bord de ma fenêtre, elle inonde et réchauffe mon visage. Je me sens sauvée, comme chaque année. L'hiver m'effraie mais j'y survivrai, une fois encore... J'éprouve une telle horreur du froid que c'en est à se demander ce qui m'a un jour fait choisir le patin à glace !

Ce printemps-ci a une saveur particulière. Tout concorde dans un alignement de planètes parfait. Projets en pagaille, contrats signés, des heures de travail en studio, rendez-vous, séance photo, répétitions. J'ai la tête qui fume, et j'aime ça. Je me répète le couplet de la vie d'artiste, des chances – au pluriel – que j'ai de vivre cette vie. Il y a celles que j'ai eues, et celles que je crée chaque jour. Bref, c'est le printemps et je suis à fond ! Ma vie est exactement telle que je la veux. Je suis amoureuse, aussi.

Nous nous sommes rencontrés il y a quelques mois et avons rapidement planqué notre idylle naissante sous les toits du 17ᵉ arrondissement de Paris, sixième étage sans ascenseur mais peu importe. Là-haut, la lumière est divine alors chaque jour je galope pour y rejoindre mon homme. Deux immenses baies vitrées mettent Paris à nos pieds et les étoiles juste au-dessus de nos têtes. Une fille amoureuse, une vie de princesse, un mec formidable. Oui j'en fais des tonnes, mais maintenant que tout cela est derrière moi, le goût de ce bonheur évaporé me paraît incroyablement doux. Nous vivions les premiers chapitres d'une histoire qui semblait pouvoir durer toujours, mais le rêve éveillé ne résiste pas toujours à l'épreuve de la réalité. Celle-ci a gravi les six étages, s'est invitée chez nous sans y avoir été conviée.

* * *

Il est au volant, monte le son de la radio et se met à chanter, faux. Il fait ce qu'il peut pour détendre l'atmosphère, me parle gentiment, plaisante. Je lui souris poliment mais mon visage dans le rétroviseur est fermé. L'asphalte gris, les champs marron, les panneaux bleus de l'autoroute nous gratifie de sa beauté polychrome tandis que la température augmente dans la voiture. Ma perruque vissée sur la tête n'aide pas et je sue à grosses gouttes. Un sacrifice nécessaire pour que cet épisode de ma vie ne soit pas lui aussi livré prochainement en pâture aux rédactions people. Depuis quelques semaines je me sens suivie. Notre relation, à l'issue d'une filature de plusieurs jours voire plusieurs semaines s'est retrouvée exposée récemment en première page d'un de ces magazines de merde. Il a beau essayer de me persuader que tout va bien, je jette un œil régulier dans le rétroviseur à l'affût d'un de ces charognards. La paranoïa est devenue une amie que j'emmène partout.

Dans ce rétroviseur, je vois aussi cette jeune femme brune, cheveux courts aux yeux tristes et inquiets. Je la reconnais, elle me fait l'effet d'une familière étrangère. Je ne suis pas cette créature angoissée, en souffrance qui s'interroge sur son avenir et perd le contrôle dont j'ai toujours eu besoin. Quand je contrôle, j'ai le sentiment d'avancer, de réaliser ce dont j'ai envie. Ça vaut pour mon corps, malmené durant des années de sport à haut niveau. Je l'ai poussé à bout dans des tournées marathon, mais j'ai toujours fait en sorte de le contrôler, de le dominer et d'être à son écoute afin d'anticiper. Aujourd'hui, c'est lui qui me contrôle. Je suis à sa merci. Il m'a jetée sur cette autoroute en direction de la Belgique, moi la princesse de baie vitrée qui pour éviter que des photos ne se retrouvent encore une fois dans les magazines, restait cloîtrée.

Comme dans les histoires de princesses il y a un trône. Le mien est en faïence blanche et siglé Jacob Delafon.

J'y siégeais lorsque le verdict est tombé : enceinte ! De princesse je passais directement à reine mère. À la faveur de trois petits traits sur un test de grossesse, je venais de sauter une étape dans mon parcours royal. Pour moi ça n'était pas une surprise. Depuis ce matin déjà, mon corps avait cherché à me prévenir. Retard de cycle, poitrine douloureuse, état bizarre… Un truc clochait. Mon instinct me soufflait déjà les mots-clés et ça ne me rendait pas particulièrement euphorique. Alors quand la pharmacie est venue confirmer ce que mon instinct biologique savait déjà, les larmes ont coulé, assise sur mon trône. Pas des larmes de joie, pas celles d'une comédie américaine où les copines hystériques de la fille en cloque attendent derrière la porte que l'autre brandisse fièrement le sésame clair et bleu. Ce plus beau jour de ma vie à moi, je l'ai vécu seule ou presque. Tristesse, panique et angoisse étaient là pour me tenir la main. J'ai toujours voulu avoir des enfants, mais là, je ne sais pas pourquoi, c'est comme si mon corps et mon cœur me disaient de ne pas m'emballer. Au lieu d'être la plus heureuse du monde, j'étais triste de ce moment pourtant rêvé depuis longtemps. En sortant de la salle de bains, je savais que je ne vivrais pas cet instant rare de partage amoureux. J'ai gardé le « Mon amour, nous allons avoir un enfant » pour moi et me suis contentée de lui offrir ma mine déconfite. Dehors, le printemps faisait profil bas. La « saison des amours », tu parles…

Un bain plus tard, je reprends mes esprits, essayant de comprendre pourquoi je n'étais pas heureuse ; mais rien n'y fait, mon état était vraiment étrange. Je suffoquais dans la mousse chaude. Je comptais les gouttes qui tombaient du robinet en remontant le cours de ces dernières semaines. Quand a-t-il bien pu être conçu ? Encore une question sans réponse parce que mon esprit vagabonde, mes pensées étaient accaparées par autre chose. Goutte numéro 300, je me souviens, après la fuite dans la presse et le climat de suspicion qu'elle a provoqué, la paranoïa m'empêche de consulter à Paris. Sur les conseils d'un ami, je m'orienterai vers une clinique belge. Comme à chaque fois, je tergiverse puis je prends une décision brutale, définitive au risque de me tromper lourdement, mais je contrôle et donc j'avance.

En trois jours, j'ai troqué mon diadème de princesse contre une perruque de paria et c'est la tête basse, que j'attends dans la salle d'attente de ladite clinique. Je m'enfonce dans ma chaise de peur qu'on me reconnaisse et je goûte à un nouveau degré d'amertume de la solitude. L'endroit grouille étonnamment de monde, pourtant j'ai un sentiment de vide absolu. Une petite dame brune aux cheveux mi-longs met fin à mon calvaire en m'invitant à entrer dans son bureau. Son regard est doux et son écoute studieuse. Je lui raconte ma situation en détail et ne lui cache rien des raisons qui m'ont conduite à elle. Après ma complainte, elle m'installe pour une auscultation préalable.

Sur l'écran noir et blanc, les formes sont indéfinissables. L'unique interprétation dont je sois capable est celle du visage de mon docteur belge. J'y lis l'inquiétude. Ses traits se durcissent. Ses mouvements deviennent plus vifs, techniques. Elle cherche quelque chose qu'elle ne trouve pas.

Elle se tourne subitement vers moi et finit par lâcher : « Mademoiselle, vous n'êtes pas enceinte. » Mon cœur s'arrête une fois de plus. En une fraction de seconde je compris pourquoi le test de grossesse positif ne m'avait pas procuré de joie.

* * *

« Mademoiselle, vous n'êtes pas enceinte. »

Je crois n'avoir jamais été aussi mal. Je n'ai pas encore été shootée pourtant, autour de moi, des ombres terrifiantes s'agitent.

Elles tourbillonnent. Toujours plus vite. Au rythme de mon cœur qui sur le point d'exploser, lui aussi s'emballe. Le froid me ronge les os, un par un. Dans cette pièce surchauffée, je grelotte. Rien ne va plus malgré les paroles rassurantes que j'entends à peine : « Tout va bien se passer », « Ne vous inquiétez pas », « Dans quelques heures vous serez de retour ».

Je pensais être aguerrie. Après six interventions, je me disais que les chirurgiens, les infirmières, je connaissais. L'odeur de Bétadine dans les couloirs, les piqûres, les perfusions, les cicatrices… j'ai l'habitude.

* * *

Dans la voiture qui m'a amenée dans cette clinique parisienne, j'ai exploré de nouveaux territoires de souffrance. Jusqu'à la nausée et l'étouffement. Lui, l'amoureux m'a conduit jusqu'ici en essayant de me garder éveillée. À chaque fois que je me sentais partir, un trou dans le bitume m'assène un coup de couteau dans le bas-ventre. Aujourd'hui encore, je suis incapable de mettre des mots sur cette souffrance, je sais simplement que j'aurai donné ma vie pour qu'elle cesse. Dans les hôpitaux, pour définir l'intensité d'une douleur, on demande de la graduer sur une échelle de 0 à 10. En temps normal, je suis assez résistante à la douleur, mais là j'attribue l'excellente note de 9,5 et même 10 juste avant de perdre connaissance. Je croyais pourtant être arrivée au bout de mon chemin de croix après, que le pire était d'avoir appris que je n'étais pas enceinte. Je me trompais. On remet la musique, le diadème et l'on reprend l'histoire où on l'avait laissée. Ça, c'était sans compter sur la grossesse extra-utérine qui venait de s'inviter aux noces royales ! J'étais enceinte mais hors de l'utérus, dans la trompe de Fallope dont la rupture peut engager le pronostic vital. Voilà le diagnostic de l'auscultation préalable... Bah voyons ! Une prise de sang et des taux étonnamment élevés de HCG ont confirmé les faits. Retour le jour même à Paris, mon gynécologue habituel ignorant des faits me gratifie d'un sincère « Félicitations ». Non, docteur. Il n'y a rien à féliciter. Cette grossesse n'est pas une bénédiction. J'aimerais être la patiente débordante de joie avec qui vous partagez cette formidable étape de vie, mais il n'en sera pas ainsi. J'ai décidé de gâcher la fête, j'attends un malheureux événement.

En quelques secondes il analyse les bilans. Pendant ce temps, je lui livre tout : les tests, les paparazzis, la panique, la Belgique, la perruque, l'examen, les prises de sang... Il est assez surpris, sincèrement désolé pour moi. Bizarrement je ressens le besoin de le rassurer. Je lui explique que mon enfant est allé se cacher qu'il reviendra le moment venu. Oui, docteur je le vis bien... enfin je crois.

La prochaine étape consiste en une période de convalescence durant laquelle j'avorterai par voie médicamenteuse depuis chez moi. Sans grosses douleurs mais avec néanmoins quelques bouleversements physiologiques notables. Je ne prendrai la mesure de cette expression qu'au matin du quatrième jour de traitement. Après un réveil en douleurs, la souffrance s'installa crescendo durant toute la matinée. Elle ne me lâchera plus jusqu'à me faire perdre connaissance. Dans un gaz épais, je saisis le téléphone. Allô docteur ? Allô... au secours...

De retour à son cabinet, c'est avec la plus grande prudence que je m'installe sur la table. Je suis faite de cristal. Le moindre geste semble pouvoir me briser mais c'est le regard de mon docteur qui m'enlève le peu d'espoir qu'il me restait. J'entends vaguement « immédiatement », « opérer en urgence », « très grave ». Direction la clinique.

Le sol bouge. Yeux fermés, corps inerte. Les ombres m'attendent, fidèles au poste, elles poussent mon lit. J'aimerais les regarder mais comment faire ? Mes paupières semblent soudées ne laissant s'échapper que les larmes qu'il me reste. L'opération est terminée et des voix familières m'indiquent que nous sommes de retour dans ma chambre. Dans un effort surhumain, je me concentre afin d'entendre ce que dit mon gynéco. Comme dans son cabinet il y a quelques heures, je perçois que des sons, rassurants cette fois. « Moins une », « bien passé », « repos », « endométriose », « soins »… Pour la première fois depuis des jours, je recouvre un peu de sérénité. Je crois même que je vais pouvoir dormir sans craindre de me réveiller. Je n'ai plus froid. Je ne tremble plus, et je n'ai plus peur. Mais une question surgit encore avant que je m'effondre. C'est quoi l'endométriose ?

Nettoyage de printemps

Toute la petite ville de la banlieue nord de Paris était inondée d'une douce lumière de printemps ce jour-là. Le soleil du matin traverse les fenêtres du troisième étage de l'immeuble derrière lesquelles se trouve la chambre de la petite fille : « Un jour parfait pour changer le monde ! », se dit-elle. Du haut de ses 8 ans, debout devant sa bibliothèque, elle fait face à ses livres, portant un de ces regards noirs, imperturbables, de ceux que jettent les héros des westerns spaghettis avant que les coups de feu n'éclatent. Ses yeux courent d'un casier à l'autre, jaugeant un à un les objets encombrants. Elle a décidé qu'aujourd'hui, elle grandira et qu'un nettoyage de printemps s'impose. Adieu les jouets, les jeux rigolos qui ne la font plus rire, les livres de comptines. Elle se demande si son attachement est dû aux chansons ou aux souvenirs heureux de ses parents les lui chantant.

Elle commence par séparer les poupées des autres jouets, en prenant soin de garder les livres pour la fin. Depuis qu'elle est en âge de lire, elle aime se plonger dans les bouquins. Ses parents ont pris soin de lui transmettre cette passion.

Elle peut rester des après-midi entiers assise par terre dans un coin de sa chambre à dévorer les aventures en bandes dessinées de *Tom-Tom et Nana*, celles qu'on pouvait trouver à la fin des petits livres rouges, les *J'aime lire*. Elle en possède toute la collection qui, selon elle, ne mérite pas de finir à la poubelle. *Oui-Oui* et *Barbie* par contre, n'échapperont pas à la peine capitale. Pour eux, ce sera la caisse réservée aux livres à donner. Bibliothèque rose, acquittée. Bibliothèque verte, acquittée. *Fantômette*, acquittée. Fantômette bénéficie d'une immunité, elle est intouchable. Elle exerce le métier que la petite voudrait faire plus tard. Elle s'y voit déjà arborant le costume et s'attachant à résoudre des enquêtes. De tous les métiers à uniforme, elle n'a pas choisi le plus simple. C'est sûrement pour ça qu'elle se prépare depuis longtemps dans sa chambre, cherchant des indices. Son bureau devenait un toit d'immeuble d'où, comme Fantômette, il fallait sauter pour s'échapper. Les voisins du dessous étaient des ennemis par qui il ne fallait surtout pas se faire entendre. Et les parents dans la pièce à côté, des gardiens dont il fallait déjouer la vigilance.

Charlie et sa chocolaterie sont amnistiés. Même si en réalité, elle n'est jamais venue à bout de cette œuvre, la gourmandise l'aura rendue clémente envers le conte de Roald Dahl. Pas la moindre idée en revanche de ce qui sauvera Alice et tout le pays des merveilles. Une affection particulière pour cette gamine un peu ringarde, trop sage, trop polie et trop naïve au point que du haut de ses 8 ans la petite veuille la protéger.

Le bestiaire littéraire qui remplit ses étagères par contre… au pilori ! Le crime ? La parole ! Condamnés pour avoir trop ouvert leurs gueules. Les ours, les méchants loups, les chats, les chiens, les taupes, dans la vraie vie, ne parlent pas. Faire croire aux enfants le contraire, revient à les prendre pour des débiles profonds. La petite garde un souvenir douloureux de sa première visite au zoo, lorsque la stupeur et la désillusion la frappèrent au motif que ces bestioles étaient en réalité incapables d'aligner trois mots ! Quelle arnaque, les animaux ne parlent pas. Alors, en une seconde, toute l'animalerie s'est retrouvée dans la caisse.

Lorsqu'elle relève la tête en direction de la bibliothèque, elle aperçoit un petit garçon blond à l'air étonné. Il regarde une rose avec insistance. Une longue écharpe protège son cou et semble vouloir l'emmener dans la course du vent. Sa tenue verte, un peu ridicule n'enlève rien à l'émotion que suscite la couverture de ce livre. Elle le prend délicatement, observe ce petit garçon d'un peu plus près. Elle lui trouve un air familier, peut-être est-ce la ressemblance avec son cousin qui lui avait offert ce magnifique cadeau. Elle l'a lu sans tout comprendre des nuances et doubles sens qui s'y cachaient, mais elle sentit à cette époque que ce livre serait important dans sa vie. Ce petit prince ne mérite certainement pas les oubliettes.

Quand vient enfin le tour des petits guides des métiers auxquels l'avait abonnée sa mère, elle hésite. Chaque livre traite d'un métier différent, avec images, croquis, et explications. Au lieu de prendre la série entière et de la mettre dans la boîte de livres à donner, elle les ausculte avant, de, malgré une longue réflexion, les lâcher dans la caisse. Un à un, ils passent entre ses mains, exhibent leur couverture usée et tentent de convaincre la juge à coups d'arguments en pages intérieures, mais rien n'y fit. La caisse, jusqu'au dernier. Ou presque. C'est justement le dernier qui retient son attention. Il s'agit d'un livre qui détaille les différents métiers de l'audiovisuel. On y découvre tous les métiers nécessaires pour faire une émission de télé. Maquilleuse, coiffeuse, présentatrice, cameraman, réalisateur, techniciens... Après avoir feuilleté quelques pages, elle le pose dans la caisse avec les autres de la série, mais une petite voix lui conseille de le placer avec les livres qu'elle garderait. Étrangement, ces métiers ne l'attirent pas plus que ça, alors que toutes les autres petites filles rêvent de devenir star et de passer de l'autre côté du petit écran. Un jour, une personne lui avait proposé de faire des photos pour un magazine. Cette personne se souvient sûrement encore de la réponse si claire, nette et négative de cette petite fille têtue, qui ne se voyait nulle part ailleurs que sur le podium des JO de patinage artistique.

La porte s'ouvre, sa mère entre dans la chambre et lui demande ce qu'elle fait avec ces boîtes. Elle lui explique son envie de grandir et de se débarrasser de certains trucs de gamines. Sa mère sourit non sans refouler un relent de nostalgie. Son attention s'arrête un instant sur le dernier livre en haut de la pile des « graciés ». Elle montre le livre des métiers de la télé et lui dit :

« Ma chérie, regarde, tu as dû te tromper pour celui-là. Tous les autres de la série sont dans la boîte à donner.

– Non, Maman, je ne sais pas pourquoi, mais celui-là, je vais en avoir besoin pour plus tard. »

L'amour dure trois ans

Un article de presse m'apprend qu'en numérologie, le chiffre 3 représente la sociabilité et la communication. Ceux dont le chemin de vie est marqué par le 3 devront surmonter le défi de leur sensibilité exacerbée qui rend la communication avec autrui plus forte et plus difficile. Ce sont des gens timorés au premier abord mais capables, quand ils surmontent leurs doutes, de communiquer avec beaucoup d'inspiration. Ils peuvent devenir les plus grands orateurs comme les pires bipolaires. Depuis longtemps déjà, le chiffre 3 m'obsède. Je ne suis pourtant pas haute comme trois pommes et l'histoire que je m'apprête à raconter ne casse pas trois pattes à un canard. Mais le 3 semble intimement lié à ma vie amoureuse. Au point que je me demande s'il ne l'a pas condamnée.

* * *

Je tourne le mitigeur à fond vers la gauche pour que l'eau soit très chaude. Je ferme les yeux, la morsure de l'eau brûlante sur ma peau contraste avec le carrelage froid de la douche. Recroquevillée dans un coin de la cabine, je frissonne. Pas envie de bouger. La vapeur qui inonde la salle de bains m'offre une planque parfaite. La moiteur et le brouillard me protègent de cette journée que je ne veux pas affronter.

Je suis une victime de l'amour. À 36 ans, je n'ai toujours pas revu mes priorités, et ce sentiment sublime et pervers prend un malin plaisir à jouer avec moi. Il me guide, détermine mes humeurs. Que je sois heureuse, triste, en colère, jalouse, il voyage dans tous mes états. Aujourd'hui il me pousse jusque sous la douche à la faveur d'une chanson que je viens d'entendre. Dès le premier couplet, je m'effondre. Pauvre petite chose de rien du tout. Un fétu qui se rompt sous le souffle ravageur d'un autre amour qui s'achève. Je touche le fond, pire encore, je touche le double fond. J'y suis. Le désespoir a un goût mêlé de sel et de shampoing. Ma vie amoureuse est une formidable machine à produire à la fois l'illusion et chagrin.

À mesure que la chaleur et les larmes me ramollissent la tête, je commence à envisager l'inenvisageable. Ma vie amoureuse est soumise à la même règle que celle qui régit l'électroménager : l'obsolescence programmée. Si mes histoires me lessivent et me laissent rincée et sèche à chaque fois, c'est parce que mon amour est une machine à laver. Ça se tient ! Trois ans. C'est en tout et pour tout ce que durent à chaque fois mes relations amoureuses. Au bout de trois ans, quelque chose se met à déconner et aucun SAV n'est capable d'en venir à bout. Alors on jette. Trois ans, c'est ma « condamnation d'amour ».

Après ma première rupture, je n'avais évidemment tiré aucune conclusion et fais aucun rapprochement avec une quelconque « règle de 3 ». Je me consolais dans le bouquin de Beigbeder. Je me disais sans grande conviction qu'il avait raison avant de repartir la fleur au fusil vers une nouvelle aventure. Après un second échec au bout de trois ans, force était de constater le point commun entre les deux. Il m'en faudra cependant davantage avant de crier au complot illuminati. Mes amies sont bien devenues des épouses épanouies et des mères admirables en restant de fidèles alliées. L'amour est donc un concept parfaitement durable. Un truc qui – comme je le soupçonne depuis toujours – vous nivelle par le haut et fait ressortir ce qu'il y a de meilleur en vous.

Après une troisième fin de non-recevoir, au terme des trois ans fatidiques, je commençai à prendre des douches très chaudes !

Après un énième « Cordialement et bien à vous ! », je finis par considérer que le problème venait de moi. Que j'étais l'unique responsable de ce programme tri-annuel, qui s'achevait toujours par un violent essorage. Messieurs, si vous cherchez une relation sérieuse mais à durée déterminée, je suis la solution idéale ! Je suis Cendrillon qui disparaît aux douze coups de minuit… du troisième nouvel an. Je pourrais presque en rire si j'en étais l'unique victime. Mais ce n'est pas le cas. J'ai abandonné des hommes bien, des hommes que j'ai rendus malheureux.

« Ne tombez pas amoureux », dit la chanson qui m'a fait pleurer. C'est ça. Ne tombez pas amoureux de moi. Je vous préviens, je suis un piège. Une bombe à retardement. Je m'autodétruis et je détruis tous ceux qui se trouvent autour de moi.

Arrêtez-vous, faites demi-tour, vous allez souffrir, je vais vous faire du mal. Enfermez-moi. Il en va de votre salut.

Tandis que des milliers de gouttes d'eau se tortillent sur les murs de ma salle de bains, prise dans un épais nuage de tristesse, je chiale parce qu'une nouvelle fois le sort s'acharne et que c'est peut-être la fois de trop. Je chiale et je rage de constater combien l'histoire se répète. Suis-je une bègue en amour ? Je n'apprends donc jamais rien de mes erreurs ?

Les cheveux collés à la peau, la tête coincée entre les genoux, je me dis qu'il ne faut plus que je tombe amoureuse. Ça fait si mal. Se projeter avec quelqu'un, faire une liste de courses commune, marcher ensemble dans les rues de Paris, faire des projets de vacances, des projets plus sérieux… Et puis plus rien. Un bulldozer arrive et rase tout ça, toutes nos envies, nos plans, coulés sous une chape de béton. On met un parking à la place du petit bois. Tout s'effondre, et moi avec. Retour à la maison, retour à la case départ. Même joueur, joue encore. Je reprends mon petit cœur tout triste sous le bras, comme un témoin que j'espère encore pouvoir passer. Non ! J'ai dit qu'il ne fallait plus que je tombe amoureuse.

Je crois que ces trois années de garantie correspondent à ce qui est humainement supportable pour quiconque voudrait créer quelque chose avec quelqu'un comme moi. Quelqu'un dont la présence est en pointillé. Quelqu'un qui entretient une certaine distance du fait d'un métier qui l'isole. Quelqu'un qui voyage beaucoup, qui tourne beaucoup, qui chante beaucoup, qui vit beaucoup partout et surtout ailleurs. L'amour se nourrit de présence et de communication. De moments simples, de routines et d'instants prévisibles que je n'offre pas. Les trains et les avions sont des endroits idéals pour fantasmer l'amour plutôt que de le construire. Alors, le plus souvent, l'homme qui partage cela tombe amoureux d'une image, d'un champ des possibles, il envisage dans une bouffée d'optimisme qu'une histoire normale peut être échafaudée sur les fondations d'une vie comme la mienne. Que malgré les courants d'air, les mots laissés sur une table basse et les coups de fil tardifs on peut continuer de croire qu'on vit une histoire comme les autres. Une histoire normale et solide. On se fait des films qui ne résistent pas à l'épreuve de la réalité, celle qui nous tombe dessus lorsqu'un soir, à dîner, on se demande de quoi est faite notre histoire et que l'on comprend qu'on ne construit pas sur des sables mouvants. Parfois c'est moi qui pose la question. Parfois lui. La réponse se trouve toujours au même endroit. Sous la douche à pleurer une relation de trois ans qui se meurt.

Je n'ai pas lu que Beigbeder pour essayer de comprendre. J'ai trouvé un petit réconfort à la faveur d'un article qui révélait l'existence d'une hormone. L'ocytocine ou l'hormone de l'attachement. On la produit en voyant le sourire de celui qu'on aime, en se réfugiant dans ses bras, en entendant sa voix. Elle permet de créer un lien et un attachement vis-à-vis de l'être aimé similaire à celui que nous avons eu avec notre mère dès notre naissance. À condition de l'entretenir par un rapport de proximité. Je me réfugie dans la médecine pour expliquer mes échecs et m'affranchir un peu de mes responsabilités. Ce n'était pas ma faute, le problème ne venait pas de moi. D'autant que d'après certains neurobiologistes, trois ans c'est le temps qu'il fallait à nos ancêtres préhistoriques pour engendrer un enfant, lui donner naissance et l'allaiter. Le mâle était là pour aider la femme, après quoi il s'en allait vers d'autres femelles afin d'assurer le développement de la meute. Voilà. La biologie et l'anthropologie avaient résolu tous mes problèmes, levé tous les doutes, mais j'étais toujours seule sous ma douche à me vider de toutes les larmes de mon corps.

Je finis par fermer le robinet de la douche. J'essuie l'eau sur ma peau et sous mes yeux et je retourne à la vie. Cette histoire de relation à durée déterminée a peut-être un fond de vérité ou peut-être n'est-ce qu'une histoire que je me raconte. J'ai eu la chance de rencontrer des hommes merveilleux, de traverser leur vie au moins trois années durant. Chacun m'a apporté une meilleure compréhension de moi-même. Je suis riche de ces amours mortes, qui vont m'aider à mieux appréhender la suivante. Leur souvenir va m'aider à préparer l'avenir.

Un dimanche à la gare

Comme chaque dimanche en fin de journée, elle est là, gare de Lyon, assise à une table de café. Elle contemple les tableaux d'affichage en sirotant une orange pressée en attendant son train. Pour éviter les regards des passants, elle a vissé une casquette sur sa tête sous laquelle elle a enfourné sa tignasse. La paire de lunettes noires posée sur son nez achève le travail d'anonymat. C'est formidable la notoriété, mais pas le dimanche soir. Pas avant de quitter Paris la tête un peu cafardeuse.

Quand elle est en avance, son passe-temps consiste à observer les gens et à deviner leur destination, et accessoirement un peu leur vie. À droite une vieille femme embrasse une tripotée de bambins et un couple qui semble les avoir tous enfantés. Facile ! Ça, c'est mamie qui est venue passer quelques jours avec ses petits-enfants pour faire la connaissance du dernier-né. Mamie habite le Sud. Elle le devine à son teint et à cette façon qu'ont certaines femmes de là-bas de s'habiller. Avec décontraction et couleurs sans forcément chercher un style qui sied à leur âge. Elle a des histoires à raconter à tout le monde et quelques recettes dont elle seule a la maîtrise. Quand sa bru essaie de les reproduire, « c'est bon mais c'est pas pareil ! »

En face d'elle se trouve un jeune couple. Âgés l'un et l'autre d'une trentaine d'années, ils ne semblent pas très portés sur l'hygiène puisqu'ils sont assis par terre à manger des barres de céréales. À leurs vêtements pros thermiques North Face et leur sac à dos Patagonia prêt à exploser, on les imagine facilement en partance pour la montagne. Ils ont l'air libres. Une liberté toute relative mais une liberté quand même.

Ils ont surtout l'air libres au milieu de tous ces costumes/MacBook qui battent le pavé de la gare avec leurs mocassins si bien cirés. Dans le canevas social qu'est la fourmilière de la gare de Lyon, leur rôle est bien établi : ce sont les travailleuses ! Elles sont en guerre contre ce foutu temps qui passe trop vite, qui n'est jamais assez optimisé, jamais assez rentable. Pour peu qu'elles prennent le même train, elles se livrent à une course effrénée pour rejoindre leur place les premières. Le quai est annoncé. Top départ. Comme si elles ne l'avaient pas réservé. Comme un jeu de chaises musicales. Tu rates ta place, on t'éjecte. Tu restes sur le quai et regardes les trains passer. Où vont-elles ? D'une ville à l'autre. Là où les richesses se créent. Elles partent un jour, une semaine, un mois. Qui les attend en dehors de leurs rendez-vous ? Une femme ? Des enfants ? Next !

Un peu plus loin, un couple s'embrasse en pleurant. La besace militaire posée aux pieds du garçon laisse supposer que la permission s'achève. Retour à la caserne pour un temps indéterminé. Elle a beau le savoir, l'amante ne s'y habitue pas, d'autant que cette fois il est question de partir en mission et ça, ça l'effraie. C'est beau un homme en uniforme, jusqu'à ce que le sang vienne tacher le fantasme. Alors ils pleurent tous les deux. Leurs doigts s'entremêlent en un nœud de détresse.

Son petit feuilleton ferroviaire aurait pu durer jusqu'à l'arrivée de son train à elle, mais un SMS l'extirpe de sa rêverie.

« T'es où ?

– À la gare de Lyon, j'attends mon train.

– Je sais, t'es où dans la gare ? »

Elle comprend. Il est là. Il est venu la voir avant son départ.

C'est une chose étrange que cette relation. Il y a quelques semaines, une de ses amies d'enfance lui confie qu'elle veut lui présenter un proche. Quelques jours plus tard, elle reçoit une demande d'ajout de cet homme sur les réseaux sociaux. Il lui faudra peu de temps pour oser un premier message sans chercher d'autre prétexte que celui de se présenter et de dire que son amie lui avait beaucoup parlé de lui. Le courant passa instantanément. Ils se jurent très vite de se voir pour un dîner ou un verre. La relation virtuelle atteignant selon eux très vite ses limites. Pourtant, depuis des semaines, ils échangent uniquement par messages. Troublée, elle ne se sentait pourtant pas prête à laisser entrer un homme dans sa vie. Celui qui en était fraîchement sorti avait laissé un bordel monstrueux et avait passablement ébranlé la confiance qu'elle pourrait attribuer à un autre. Elle était méfiante, elle ne voulait plus souffrir. À l'homme d'avant, dès le début de leur relation, elle ne cacha rien, et surtout pas sa maladie. Elle sait combien cette saloperie peut détruire une relation. Elle lui avait laissé l'opportunité de partir, lui expliquant qu'une relation sérieuse entre eux était indissociable de ses contraintes médicales qui exigeaient des sacrifices et qu'il devrait prendre sa part dans cette histoire. Lui se sentait prêt. Prêt pour les séjours à l'hôpital, les effets secondaires, le corps malade qui devient moins attirant. Une motivation et une foi incroyables qui s'effondrent en un coup de fil. Après une année passée ensemble, il préfère rompre avant que la maladie n'endommage complètement leur relation. Alors avec celui-là, en attendant d'être un peu plus présentable, il fallait d'abord tout bien ranger dans son cœur et dans sa tête, ces échanges virtuels lui convenaient tout à fait.

Dans quelques secondes il sera là. Que va-t-elle bien pouvoir lui dire ? Sera-t-elle aussi loquace que via messagerie ? Aura-t-elle de la repartie, de l'aisance, de l'humour, de la conversation ? Tout ce dont elle réussissait à faire preuve par écrit. Elle prenait le temps de lui répondre. Jaugeait chaque mot, réfléchissait à ses réponses. Elle prétextait une scène à tourner pour se donner le temps de bien mûrir sa réponse. Il était attirant par sa façon d'écrire. Ses mots étaient souvent pertinents, bienveillants, sensibles, drôles. Elle savait aussi que physiquement il correspondait à ses critères. Il y a d'abord eu le petit tour sur son profil social. Grand, beau, châtain, des yeux verts.

Elle avait souvent eu envie de le rencontrer, de passer au réel mais elle avait cette peur chevillée au cœur. Peur de ne pas supporter une chute de plus. Pas le temps de tergiverser, il est là, devant elle. L'estomac un peu noueux, elle claque deux bises maladroites sur ses joues. Il est grand. Beaucoup plus grand que ce qu'elle avait imaginé. Mieux vaut s'asseoir avant qu'il ne la trouve petite.

« Tu veux boire quelque chose ? lui demande-t-il sans autre formalité.

– Un jus d'orange pressé, ça sera super. Merci.

De retour à la table avec deux verres à la main, il s'assied en face d'elle.

– On avait bien dit qu'on boirait un verre ? Si j'avais dû attendre que nos emplois du temps le permettent, je ne crois pas qu'on se serait vus avant 2020. J'ai tenté le coup. »

Elle est touchée par l'initiative mais puisqu'elle prend grand soin de tout contrôler depuis quelques mois, elle ignore comment réagir. À l'instinct, elle se laisse gagner par le moment et décide de trouver ça attirant. Elle le trouve courageux de prendre les devants, d'avancer, de bousculer les choses. Elle aime ça. La glace est brisée et la conversation se déroule, fluide mais non sans gêne. Elle en oublie presque son train et vérifie si son quai est annoncé. Pas de quai mais une annonce. Quinze minutes de retard. La colère qui accompagne habituellement ce genre de nouvelles ne vient pas. Elle sourit, curieuse et amusée de ce coup du sort. Une gare est naturellement un endroit romantique. Des histoires s'y racontent vers des ailleurs accessibles. Les aéroports font des promesses trop lointaines pour y croire, mais les gares offrent un rêve à portée de main, à quelques heures de trajet. En ce dimanche soir, une pensée fugace lui traverse l'esprit : et s'il montait avec elle dans ce train ?

Entre chaque mot, elle sent l'intérêt qu'il lui porte. Il les choisit avec soin. Certains pour leur pudeur, d'autres pour leur double sens. Elle entre dans son jeu. Petit ping-pong verbal qui dissipe les doutes, elle se sent écoutée. Les mots qu'elle prononce paraissent importants et rien ne semble pouvoir la sortir de la torpeur de cette conversation. Les gens passent. Par-dessus l'épaule de l'homme, elle voit s'éloigner la fille au militaire, tête basse. Elle réalise soudain qu'elle ne veut pas le quitter. Elle se sent laide sous sa casquette et ses lunettes qu'elle n'a pas retirées. Fatiguée, sans le moindre maquillage, elle n'a pas voulu lui offrir cette image d'elle. Il prendra cela comme une sale habitude de personnage public. Elle ne lui en voudra pas.

Un rapide coup d'œil sur le tableau d'affichage indique que le retard de son train sera finalement de 45 minutes. Des mois qu'elle prend ce train chaque dimanche. Jamais cela ne s'était produit. Si le temps supplémentaire passé ensemble doit changer quelque chose à la suite de l'histoire, elle se promet de ne plus jamais maudire la SNCF pour ses mouvements de grève.

À quoi pense-t-il ? Fait-il la conversation par politesse en sachant très bien que dans quelques minutes le calvaire touchera à sa fin ? La trouve-t-il intéressante ? Aura-t-il envie de la revoir ? Son instinct de fille se réveille après des mois de sommeil. Elle en est heureuse et se laisse porter. La bulle qui les isole du reste de la foule. Les mots magiques. L'homme providentiel. Les signes à peine cachés sous le retard du train. Elle ouvre grand les bras à tous les clichés qui accompagnent ce genre de moment. Jusqu'à terme. Jusqu'à l'annonce du départ.

Quelques pas sur un quai de gare à côté d'un homme qui lui porte sa valise. L'image est belle et furtive. Alors que les derniers retardataires se pressent pour monter dans le train, eux marchent doucement. Arrivés devant le bon wagon, un long regard, un sourire et un silence font office de baiser d'au revoir. Elle monte à l'étage, s'installe et le regarde s'en aller.

Un dimanche à la gare

Il n'est pas resté jusqu'au départ du train, qui l'emmènera le cœur gonflé rempli d'espoir.

Ne rien dire

Je suis « la fille qui va bien ». La fille qui sourit à la vie. Je suis l'énergie. Rien ne m'ébranle. Jamais. À l'école, j'étais l'épaule de mes amis en détresse, la déléguée de classe, la bonne copine, sans problème, donc celle auprès de qui on pouvait se plaindre. Les problèmes dont on ne parle pas n'existent pas. Je crois que j'en ai fait ma mission pour le reste de mon existence, ignorant alors que l'égoïsme est un outil qui mène aussi au bonheur et que l'altruisme et la générosité ne sont pas forcément des sentiments orientés vers les autres… mais ça, c'est une autre histoire.

Je suis une enfant de la classe moyenne heureuse de ce pays. Née dans une relative prospérité et dans un monde libre et en paix. Des yeux verts, des boucles blondes… un personnage de Robert Southey ! Mon enfance est jonchée de souvenirs merveilleux avec la conviction que la vie s'est montrée clémente. Pas d'épreuve insurmontable, pas de douleur démesurée, pas d'accident de parcours. Une vie simple et heureuse dont le but m'apparaît un peu plus clairement aujourd'hui : rendre un peu de ce qu'on a reçu. J'ai pu faire mes propres choix de carrière et par un hasard heureux, je n'ai eu à subir aucune tare de naissance qui aurait pu compliquer ma traversée de l'enfance et de l'adolescence. Non vraiment, merci, tout va bien dans le meilleur des mondes. Alors quoi ? Alors tu te tais et quand ça ne va pas, tu te tais encore plus fort. Voilà ce que j'ai appris par la force des choses.

Le sport ne m'a pas vraiment offert un autre point de vue. Quand le patinage a débarqué dans ma vie, j'ai franchi une étape supplémentaire dans ma faculté à refouler mes souffrances. Comme tout athlète de haut niveau, je me suis entraînée, entraînée, entraînée encore, entraînée toujours plus que mes concurrentes. Je n'ai laissé aucune place aux pleurnicheries. Les pieds en sang, les hématomes qui recouvrent le corps. Tout cela n'a aucune importance. Seul compte la victoire et ce que tu es capable d'endurer pour l'obtenir. Pour moi ? Pourquoi ? Pour qui ? Je n'en sais toujours rien. Je me souviens de ce jour où avait lieu la visite médicale scolaire annuelle. J'étais couverte de bleus et avant de me déposer à l'école, maman m'a dit : « Tu sais, à cause de tes chutes, l'infirmière risque un jour de te demander si je te frappe. » Sur le coup nous avons ri et j'ai compris que je pratiquais un sport d'une violence extrême. Un sport martyrisant dont j'avais complètement éludé la violence. Les chutes, la tête qui cogne la glace, les lames qui tranchent la peau, les arcades ouvertes qui laissent des traînées de sang sur ce glaçon géant. La souffrance physique faisait partie intégrante de chaque entraînement et j'avais fini par l'accepter. Plus je souffrais, plus je me fermais. Je m'interdisais d'extérioriser ma douleur, voire de la ressentir. Monte sur la piste et ferme-la. Serre les dents, souris comme si de rien n'était et patine avec rage et grâce. Aujourd'hui, je sais déceler la rage et la douleur dans le sourire figé des patineurs en compétition.

J'ai grandi entourée de figures fortes, de statues de Commandeur indétrônables. Ma mère a lutté pendant plusieurs années contre un cancer. Elle l'a vaincu sans se plaindre jamais. Les traitements trop lourds, la fatigue, les chimiothérapies à répétition. Je crois qu'elle puisait sa force dans le silence. Ne pas exprimer sa souffrance revient à ne pas la reconnaître, à minimiser son importance, à nier son existence. Quand bien même, ça l'aurait sûrement soulagée de partager un peu de son fardeau avec nous, elle s'y est refusée. Du fond de son lit, il fallait encore nous épargner, ne pas nous accabler d'avantage. Comment naît un tel déni de soi ? Pourquoi le fait de se négliger force-t-il l'admiration ? Elle était admirable parce que – malgré les circonstances – elle pensait à papa et à moi.

Mon père, lui aussi, est fait du même bois. Je connais des hommes de sa génération qui se plaignent d'une égratignure. Mais pour mon père, tant qu'une souffrance n'entrave pas les fonctions motrices et vitales, ce n'est pas une souffrance. Je les aime profondément pour cette force et cet altruisme qu'ils m'ont inculqués mais qui impliquent parfois un renoncement de soi très difficile à supporter. Je ne suis pas une héroïne sacrificielle. Je suis une fille qui aimerait parfois savoir comment composer avec la faiblesse, la lâcheté et l'égoïsme. J'ai compris que pour vivre mieux, il fallait vivre autrement qu'en représentation et faire fi du regard des autres. Accepter de perdre le contrôle, de dégrader son image, de montrer ses failles, d'exposer ses blessures. Se foutre des critiques comme de l'encensement. Tout le contraire de ce dans quoi j'ai baigné. Dans ma famille, nous nous construisons en fonction de l'autre. Nous veillons sur lui comme dans une meute. Et lorsque l'un de nous est en détresse, nous l'entourons, nous faisons en sorte qu'il aille mieux… Encore faut-il qu'il avoue ses souffrances. Or, chez nous, on n'encombre pas l'autre de nos problèmes. On ne vient pas ajouter notre charge à la sienne. On garde le silence autant que possible. Ce n'est pas par manque de confiance mais une espèce de respect bienveillant et de culpabilité.

Aujourd'hui, je suis « la fille qui va bien », qui voit le verre à moitié plein. Je me relève rapidement quand la vie me rue de coups. Pendant les trois minutes d'une chanson, j'embarque les gens avec moi vers des ailleurs de paillettes et de bulles. Un pays des merveilles que j'ai construit de toutes pièces et dont je ne trouve pas toujours la sortie. Pendant deux heures, sur scène, je fais diversion. Personne ne pouvait être malheureux pendant un concert de Lorie et lorsque je me repasse les centaines de dates et les milliers de visages, je me dis que j'ai bien fait le job !

« Soldat Lorie au rapport.

– Chef, oui chef ?

– Revue des troupes !

– Chef, tout le monde va bien, chef ! Moral au beau fixe. Positive attitude dans tous les paquetages. »

Mais un jour le soldat Lorie a pris une méchante balle, juste là, dans le bas-ventre. Ça a sérieusement foutu sa vie en l'air et ébranlé ses convictions.

Quand j'ai appris que je souffrais d'endométriose, je n'ai pas tout de suite compris de quoi il s'agissait. Quels seraient les risques, les conséquences ? J'ai d'abord connu une période de rejet et minimisais la gravité du diagnostic. L'endométriose, ça sonne bien, ça ne doit pas être si grave que ça… Une sorte de maladie chronique sans réelle conséquence. Je restais néanmoins étonnée par la façon dont les médecins m'avaient présenté la chose. C'est comme s'ils ne m'avaient pas tout dit et que je n'avais pas tout saisi. Alors j'ai fait ce qu'il ne faut jamais faire : je suis allée sur Internet pour glaner des informations supplémentaires. Mes premières recherches ont apporté leur lot de frayeur et de stupéfaction. Je lisais tellement de commentaires, d'expériences de femmes qui souffraient du même mal que moi. Certaines devinrent stériles, d'autres durent avoir des dizaines d'opérations, d'autres encore ont subi une ablation de l'utérus. Beaucoup d'entre elles disaient ne plus se sentir femmes. Elles avaient perdu leur féminité. Je me réfugiais alors derrière l'idée selon laquelle chaque cas est différent. Mais pourquoi serais-je épargnée ? Plus je cherchais, plus je m'enfonçais. Le flou et le doute s'épaississaient à chaque nouvelle page consultée. Je pensais qu'en m'abonnant à des sites médicaux plus sérieux j'y verrais plus clair, mais le jargon médical auquel je dus faire face n'a fait qu'empirer les choses et conforter mon sentiment : j'étais perdue et je me sentais en danger, délaissée. Je pensais connaître mon corps de femme, je réalisais que je me trompais.

Ne rien dire. Comment parler de quelque chose qu'on ne connaît pas ?

Au fait d'être malade s'ajoute rapidement la dimension sociale de la maladie. Celle-là est intime. Elle touche à ce que la femme a de plus secret et de plus féminin aussi. Je l'ai compris lorsque j'ai appris que parmi les conséquences de l'endométriose on pouvait compter la stérilité. Non contente de souffrir d'une maladie intime dont j'étais parfaitement incapable de parler, il fallait probablement que je tire un trait sur mes rêves de maternité. Ce n'est pas certain mais les probabilités sont là. J'aimerais avoir des enfants et cette foutue maladie était en train de me les prendre. Peut-être étais-je paranoïaque, mais c'est précisément à cette époque qu'on me posait le plus souvent la question des enfants :

« Alors ? Quand est-ce que vous nous faites un bébé ? » J'éludais autant que je pouvais une question qui me faisait de plus en plus souffrir. Ne rien dire… Encore et toujours.

Je me suis faite discrète, très discrète. La plus discrète possible, mais des photographes m'ont quand même chopée tandis que je sortais de l'hôpital après une opération. Comment ont-ils pu avoir l'info ? J'étais démasquée. La presse, les rumeurs. La nouvelle de mon endométriose s'est rapidement répandue, et des associations m'ont contactée afin de me demander mon soutien. Elles m'invitaient à parler de ma maladie à des conférences, des événements.

Elles pensaient qu'une personne publique allait donner de la visibilité à une maladie assez peu connue en France. Et moi, évidemment, je ne voulais rien dire. Je voulais me taire, m'enfuir à l'autre bout du monde où personne ne savait rien, où personne ne me demanderait rien. Je pensais aussi que ce combat-là n'était pas le mien et que si je m'y engageais ça nuirait à celui que je menais depuis un moment pour les enfants de l'hôpital de Margency. Je ne pouvais pas être partout. Un prétexte qui m'allait bien pour ne rien dire sur le sujet, d'autant que des artistes telles qu'Imany ou Laëtitia Milot le faisaient déjà très bien. Je mélangeais tout.

Pour la sortie de mon dernier album, plusieurs showcases et des séances de dédicaces avaient été organisés. J'ai eu la chance de pouvoir rencontrer le public. Photos, autographes, échanger quelques mots, partager de beaux moments.

C'est là que j'ai compris. Certaines femmes sont venues me parler de cette maladie, me dire simplement qu'elles aussi en étaient atteintes ou qu'elles connaissaient quelqu'un qui en souffrait. Certaines d'entre elles ont réussi à avoir des enfants, d'autres, non. Il y a eu des mots très doux à mon égard. On me disait que telle fille ou telle amie s'en était sortie et que je ne devais pas perdre espoir. Je pourrai, moi aussi, avoir des enfants un jour. Ces femmes ont parcouru de nombreux kilomètres pour me dire ça. Pour m'encourager, me soutenir et me témoigner de la compassion. À force de l'entendre, à force de sentir cette énergie autour de moi et cette communauté de femmes avec qui je partage quelque chose de tellement intime, quelque chose a lâché en moi. La pudeur et le silence ont disparu. Il fallait que je parle.

Il y eut le message inattendu de l'une de mes amies. Elle me disait qu'elle aussi était gravement atteinte d'endométriose, qu'elle ne savait pas quoi faire ni où aller. Comme moi, elle était seule, en détresse avec sa maladie. Comme moi, elle a fait des recherches sur Internet, qui l'ont anéantie. Ces femmes aux séances de dédicaces. Mon amie maintenant… Il y a bel et bien une femme sur dix qui souffre d'endométriose. Ça me sautait bêtement aux yeux. Un pourcentage énorme qui rend d'autant plus aberrante l'absence de prise en charge convenable dans ce pays. Beaucoup de gynécologues sont encore ignorants sur ce sujet, et considèrent trop rapidement qu'il est normal d'avoir mal pendant nos règles. Les règles douloureuses peuvent être un symptôme d'endométriose et devraient déclencher des dépistages systématiques. Pour ma part, il s'est passé trop de temps avant que je ne sois vraiment prise en charge. Manque de pédagogie, de parcours de soins, de centralisation, de renseignements, d'informations… Je savais qu'il fallait que je bouge, mais où, pour faire quoi, avec qui ? Je me sentais encore une fois perdue. Mais je voulais parler.

Fin 2016, alors que je produisais le clip *Seul ensemble* pour lever des fonds afin de construire la maison des parents de l'hôpital d'enfants Margency, je croise Laëtitia Milot venue donner de son temps comme d'autres artistes aux enfants de l'hôpital. Au fil de la conversation, je réussis assez naturellement à lui faire part de ma maladie et même à lui demander de l'aide. Elle m'oriente alors vers Yasmine, la présidente d'EndoFrance. Une femme douce, à l'écoute, rassurante. Nous sommes restées près de deux heures au téléphone à parler de cette maladie. Moi qui croyais la connaître, en écoutant Yasmine je constatais que je n'en savais finalement que peu de chose. Yasmine me donna les contacts de spécialistes qui pourraient me suivre à Rouen. Pour la première fois depuis que le diagnostic était tombé, j'entrevoyais une solution.

À Rouen, les choses se sont précipitées. Avant ma venue, je leur avais envoyé les prises de sang, les échographies, les radios et le compte rendu d'une IRM faite six mois plus tôt, qui disait que je n'avais qu'un peu d'endométriose. Rien d'alarmant. Je reçus pour réponse des spécialistes une demande pour disposer en plus des images de l'IRM. J'ai compris que l'endométriose est assez compliquée à repérer, et qu'il fallait l'œil averti de radiologues experts pour juger du degré de gravité de la maladie. Les équipes de Rouen voulaient se faire leur propre avis. Elles avaient raison. À Paris, le radiologue me soutenait qu'aucune opération n'était nécessaire. À Rouen, avec les mêmes images, on venait de me découvrir des nodules d'endométriose propagés en dehors du col de l'utérus, ils allaient bientôt atteindre le tube digestif. Une opération urgente était nécessaire. Au sortir du bloc opératoire, j'appris que les nodules avaient déjà attaqué certains organes. On avait dû pratiquer une ablation partielle du tube digestif, ainsi que de l'extérieur du col de l'utérus. Si nous avions fait cette opération quelques semaines plus tard, les nodules auraient entamé le tube digestif et j'aurais été quitte pour une stomie. De plus, avec la caméra pendant l'opération le professeur m'a découvert d'autres nodules au niveau du diaphragme, ceux-là toujours présents car il ne pouvait les enlever pendant cette opération.

Laëtitia, Yasmine, Isabella et Horace ont su me diriger, me rassurer, me guider, me prendre en main rapidement. Une attente prolongée aurait pu avoir des conséquences catastrophiques. Il faut savoir insister auprès des instances médicales afin d'obtenir des examens approfondis. Ne pas laisser planer le doute. Parler. Et surtout s'écouter.

Si mon endométriose avait été diagnostiquée plus tôt, je n'aurais certainement jamais eu à subir d'intervention chirurgicale et n'aurais pas autant supporté les conséquences de cette maladie. J'aurais bénéficié d'un traitement depuis plusieurs années, afin d'éviter la propagation. Adolescente, ma gynécologue ne semblait pas sensible au problème et ne prêtait aucune attention aux douleurs atroces qui survenaient lors de mes cycles. Mon silence est lui aussi un peu responsable de ma situation. Ma résistance à la souffrance, mon besoin pathologique de ne pas me plaindre sont eux aussi coupables. Aujourd'hui, je sais le dire. Je me sens prête à en parler ouvertement, dans le but d'aider celles qui, comme moi, se sont senties perdues et abandonnées, celles qui n'ont pas été prises en charge assez tôt, qui souffrent aujourd'hui et souffriront tout au long de leur existence. On peut éviter ce calvaire en prenant un peu la parole. Il faut faire connaître cette maladie, sensibiliser davantage le corps médical à ces symptômes, refuser l'idée que des règles peuvent être douloureuses. Des artistes comme Laëtitia, Imany, Julie Gayet, font déjà bouger les choses avec leurs associations. Trop de femmes souffrent encore sans savoir. Il faut le dire.

#brisonslesilence
Moi j'ai mis du temps.
Quand vous serez prête, brisons le silence ensemble.

Aussi loin que je me souvienne

Aussi loin que je me souvienne, il faisait bon sur le chemin au milieu de cette forêt dans laquelle je me promenais. D'abord éloigné, le grondement urbain s'était doucement commué en un souffle, jusqu'à ne plus se faire entendre. À mesure que je m'enfonçais dans ce bois épais, je ne distinguais plus le bruit des voitures ni le mouvement de la ville. Elle était là-bas, lointaine.

Lorsqu'on me demande de penser à quelque chose qui soit synonyme de paix intérieure, c'est une promenade solitaire comme celle-ci que j'imagine toujours. Maintenant que je progressais entre les arbres, je m'entendais respirer d'un souffle profond et régulier. Ça doit être cela la paix intérieure, l'absence de pensée. Ce que je n'avais pas imaginé en revanche, c'est cette voix qui s'est soudainement fait entendre. Proche et lointaine, j'aurais été bien incapable de dire d'où elle venait et de qui il s'agissait, bien qu'elle me parût familière. Était-ce un homme, une femme ? Venait-elle seulement de l'extérieur ? Aucune idée. Quelque chose dans le ton m'incitait à la suivre, alors je m'enfonçai plus profondément dans le bois à sa recherche. Du moins, c'est ce que je croyais. Plutôt que de la chercher, je me contentais finalement de la suivre, de m'engager sur un chemin qu'elle semblait m'indiquer. Je ne l'avais jamais emprunté auparavant. Plutôt que de ressentir de la peur, j'étais saisie par une agréable curiosité et la certitude que cette voix n'avait aucune intention hostile à mon égard. Elle me voulait du bien, voulait me faire découvrir quelque chose. J'avançai donc avec un profond sentiment de bien-être que l'essence des arbres venait renforcer. Mes sens étaient anormalement en éveil. Je ressentis la petite brise courant entre les branches, la lumière douce qui se faufilait à travers la canopée, le sol vibrant délicatement sous mes pieds. Un courant naturel circulant entre cette nature et moi. Ma respiration s'apaisa encore et mon cerveau laissa échapper les questions comme des petites bulles de savon. Pourquoi suis-je ici ? Pourquoi cette voix m'appelle-t-elle ? Qu'est-ce qui m'attend au bout ? Cette balade va-t-elle durer longtemps ? Que dois-je comprendre ?

Absorbée par ces questions, je n'avais pas vu le ciel s'assombrir. Je n'avais pas senti l'air se rafraîchir. Je n'avais pas prêté attention à tous les obstacles qui jonchaient maintenant ma route. Tout changea en un claquement de doigts et lorsque je sortis de ma rêverie, la forêt s'était assombrie. Je ne me promenais plus, j'avançais péniblement à travers les branches, les racines, les cailloux et les ronces. L'environnement était devenu hostile et je devais faire attention à chaque pas. À plusieurs reprises, je manquai de tomber. Le chemin devenait toujours plus impraticable et la voix n'était plus là pour me guider. Je ne ressentais plus le plaisir ni la quiétude qui m'avaient amenée ici.

Chaque pas était une souffrance. Me suis-je trompée d'itinéraire en écoutant la voix ? Chaque mètre apportait son lot d'épreuves. Je m'enfonçais dans la boue et n'avais plus la moindre idée de la direction à prendre. J'étais perdue dans cette forêt. Cette voix était-elle une hallucination ? Devais-je revenir sur mes pas ? À moins qu'il soit préférable de ne pas continuer ?

Je décidai finalement de m'arrêter pour retrouver ma route. Les arbres autour donnaient l'impression de rire. Sur leurs écorces se dessinaient des sourires malveillants. Je me sentais observée, épiée, moquée, et surtout jugée. Que se passait-il ? Je tâchai de rester forte ne voulant pas montrer que leurs moqueries me blessaient. J'entendis à nouveau la voix qui me dit de regarder au bout du chemin. À son extrémité, je pouvais distinguer des formes brillantes. Les arbres trop nombreux laissaient deviner ce qui ressemblait à un point d'eau frappé par les rayons du soleil. Ça brillait. Mon pas s'allégea alors et mon corps semblait se redresser un peu à mesure que j'approchais du but. Je me sentais encore faible et les derniers mètres furent interminables.

Arrivée à destination, l'atmosphère changea à nouveau en un instant. L'endroit était nimbé d'une douceur réconfortante et je retrouvai doucement la quiétude quand la voix m'interpella : « Si le chemin que tu viens de parcourir était si pénible, c'est à cause de ta carapace, m'expliqua-t-elle. Toutes ces couches accumulées année après année pour te protéger forment désormais cette épaisse et pesante carapace. » Depuis tout ce temps, je n'avais pas réalisé. J'enfilais sans cesse une nouvelle couche à chaque épreuve. Chacune d'entre elles en strates sur la précédente. Je trimbalais maintenant cet énorme attirail qui me protégeait de l'extérieur autant qu'il m'en éloignait.

« On imagine que c'est un bienfait de revêtir une carapace », poursuivit la petite voix. « On se sent plus en sécurité. On pense que l'on souffrira moins, que les coups ne passeront pas. C'est ce que l'on croit. La carapace est devenue trop lourde, elle t'empêche d'avancer, de voir et d'être toi-même avec les autres. »

Elle avait rendu mon chemin jusqu'ici si pénible, jalonné d'obstacles jusqu'à cacher de ma vue ce point d'eau au bord duquel j'avais fini par trouver refuge. Il fallait me rendre à l'évidence. J'étais dans l'erreur depuis trop longtemps. Ce que je prenais pour de la force m'affaiblissait chaque jour davantage. Je ne me protégeais de rien, en réalité je m'empêchais.

Je veux m'en débarrasser. Comment faire ? Je me suis surprise à parler au vent, telle une folle, comme en prière. Sauf que la mienne fut entendue.

« Tu vas bien m'écouter, répondre à mes questions et faire ce que je te dis. Ta carapace est composée de trois parties. Tu vas enlever la première. Dis-moi ce que c'est ?

– C'est un sac. Je le porte sur mon dos.

– Comment est-il ?

– Lourd. Très lourd.

– Alors débarrasse-t'en. »

En l'enlevant, je me redressai doucement, soulagée du poids qui ne pesait plus sur mes épaules. Jusqu'à présent, je ne m'étais pas aperçue à quel point j'étais voûtée sous sa charge. Je marchais telle une bossue avec le sol pour seule perspective. Mon dos et mes épaules ne me faisaient plus souffrir et je me redressai comme la fleur de tournesol face au soleil. Devant moi s'ouvrait l'horizon, la lumière réchauffait mon visage et inondait mes yeux.

« Ce sac à dos, tu vas maintenant le jeter dans l'étang, pour t'en débarrasser, m'ordonna la voix. »

Si je le jette dans l'étang, il va peut-être remonter à la surface. Je peux aussi le retrouver un jour échoué sur le bord. Non ! Je ne le jetterai pas.

Je regardai autour de moi pour trouver une alternative. Elle se révéla sous la forme d'un puits à quelques pas de là. Je m'avançai, et y jetai le sac sans l'once d'un remords. Il était tellement profond qu'il fallut attendre quelques secondes avant d'entendre le paquet frapper la surface de l'eau. Ça me rassura. Ce puits était vraiment très profond. Aucune chance que mon sac à dos ne ressurgisse un jour.

« Maintenant tu vas retirer la deuxième partie de ta carapace. Concentre-toi et dis-moi ce que c'est.

– C'est une grande capuche. Tellement grande qu'elle me cache le visage. »

En l'enlevant, je me « découvris ». Les gens verront mon visage. Et je le verrai à nouveau moi aussi.

« Les gens que tu verras sont des personnes à qui tu as fait des promesses. Tu as agi et fait des choix pour qu'ils soient satisfaits. Pour que tu leur apparaisses comme eux voulaient que tu sois. Dans leurs rêves, dans leurs espoirs, dans leurs réalités, dans leurs désirs. Qui sont ces gens ? »

Devant moi apparurent alors mes parents et derrière eux le reste de ma famille. En un rien de temps, le groupe grossit jusqu'à devenir une foule dans laquelle je reconnus quelques visages… Des fans. C'est mon public qu'il ne fallait pas que je déçoive. Tous attendaient quelque chose de moi. Et moi de leur donner sans compter, je me suis noyée. Rongée par le syndrome de la bonne élève. J'ai obéi, j'ai fait comme on m'a dit, sans un mot plus haut que l'autre. Jamais d'écart.

Je repris la direction du puits, et sans réfléchir, j'y laissai ma capuche.

« C'est une marque de courage que de tout jeter comme tu le fais, m'annonça la voix. Pour avancer, il faut s'en donner les moyens et pouvoir s'arracher à ses certitudes. Toi tu t'arraches cette vieille peau, petit à petit… Mais il reste la troisième et dernière partie de la carapace.

– C'est un manteau noir très lourd et très long, répondis-je. Il descend jusqu'au sol. Il me gêne quand je marche. »

Lui aussi pourrira au fond du puits. Il m'empêchait d'avancer, entravant chacun de mes pas, compliquant le mouvement naturel de mon évolution et me cachant au reste du monde.

J'étais désormais sans manteau pour me faire trébucher, sans capuche pour me cacher et sans sac sur le dos. J'étais nue, le visage découvert, le dos droit, la tête haute. On m'observait telle que j'étais et je me donnais à voir de toute ma hauteur. Mes fissures, mes cabosses, mes larmes… J'exposai tout et me sentis traversée par un formidable courant électrique, une onde de liberté qui se répandait en moi, me révélait que j'avais le droit d'être moi, imparfaite, d'envoyer chier, de m'énerver, d'être pour ou résolument contre. Le droit d'être triste, le droit de pleurer sans me cacher, de ne pas mentir. Le devoir de ne pas me dessiner un sourire.

« Regarde de l'autre côté, m'interrompit la voix. Le chemin continue. Reprends-le, il sera différent. »

Je voulus me remettre en marche, mais lorsque j'entrepris le premier pas, j'étais tellement légère que je pouvais voler. Je pris doucement de l'altitude, soulevée par un profond sentiment de bien-être. Je survolai le chemin que m'avait indiqué la voix mais très vite je n'accordai plus la moindre importance à ma destination. J'étais un oiseau libre d'aller où bon lui semblait. Je tournais sur moi-même, dessinais des spirales dans le ciel, piquais vers le sol et rasais l'herbe dans une interminable danse avec les éléments. J'étais vivante et pétrie d'un sentiment qui dépassait le bonheur. Je me sentais moi, je me sentais accomplie.

« Attention ! prévint la voix. Il peut rester des obstacles. En vois-tu ?

– Oui, il y a un mur immense qui m'empêche de continuer ma route, répondis-je.

– Et que vas-tu faire pour le franchir ? As-tu suffisamment confiance pour le traverser ? »

Sans chercher à lui répondre, je décidai de prendre de l'altitude jusqu'à atteindre le sommet de la muraille. Assise là-haut, je contemplai le monde à mes pieds. Je regardai devant et derrière moi émue aux larmes. Les vannes s'ouvrirent en une incontrôlable déferlante qui balaya la souffrance. Je pleurai d'une joie intense tandis que forêts, étangs, arbres et murailles se confondaient dans un maelström de couleurs. J'étais dans un tableau pas encore sec sur lequel on venait de renverser de l'eau. La voix sembla vouloir me dire quelque chose que je ne compris pas immédiatement. Elle m'appela, m'attira à nouveau vers elle et me dit :

« Le voyage est maintenant terminé, je vais compter jusqu'à cinq, et à cinq tu vas te réveiller et ouvrir doucement les yeux. Un… Deux… »

Je veux être avec toi

Une des principales qualités d'une patineuse est peut-être sa résistance à la douleur et sa capacité singulière à sourire dans la souffrance. Petite, lors des compétitions, je souriais comme on respire, aux juges et aux spectateurs. Mes nouveaux patins baignaient dans le sang. Ma peau était couverte d'hématomes. Des courbatures violentes distribuaient des décharges électriques dans mes muscles à la moindre tentative de figures. J'aimais patiner et prenais ces souffrances comme un moindre mal pour satisfaire mon besoin de légèreté. J'aimais m'affranchir de la gravité mais j'allais en payer le prix. En attendant, je souriais aux juges, incarnant la jolie princesse gracieuse. Au diable problèmes et tourments d'adolescente, je souriais couramment. La souffrance changeait un sourire esquissé en un large rictus. La glace est un bon remède pour calmer le feu.

Dès que j'enfilais mes patins, je laissais ma vie au vestiaire, pour être concentrée sur mon entraînement. Reproduire à l'infini des mouvements millimétrés, vouloir sauter toujours plus haut, tourner toujours plus vite et sourire encore. Trouver l'équilibre entre grâce et force. Certains jours, j'y arrivais. Je me sentais légère et libre. D'autres non : ces jours maudits de brouillard et de chutes, de souffrance et de sang. Ces jours de mauvaise énergie, je n'insistais pas, sortais de piste, essuyais mes lames et mes larmes, rangeais mes affaires dans mon casier et rentrais, silencieuse… retrouver tes bras.

Ce soir, silencieuse encore, je regarde les bandes blanches défiler sur le bas-côté. À l'arrière de la voiture qui m'emmène, je reste la tête collée à la vitre. Je quitte la route du regard, pour croiser celui de mon chauffeur dans le rétroviseur. On se fixe en silence. Le trajet dure une éternité. Les gens présents à mon arrivée ont certainement attendu des heures eux aussi. Je décoche un énième sourire, un signe. C'est pour moi qu'ils sont là. Je leur suis redevable. Je le serai toujours… même les soirs où ils ne sont pas ma priorité. Pour l'instant, je ne suis pas capable de supporter la lourdeur de ces regards. Tout à l'heure, oui, mais pas maintenant. La voiture s'arrête devant la porte arrière de la salle. Avant de descendre, je prends quelques secondes pour moi, quelques grandes respirations. Le hangar dans lequel je m'apprête à chanter est immense. Une gueule béante qui semble vouloir m'avaler, pour mieux me vomir comme tous les autres soirs, lessivée, heureuse, triste parfois aussi.

Je commence à envoyer des bonjours et des sourires visiblement forcés à mon équipe. Je les aime, c'est ma famille. On se connaît. Ce soir, ils savent qu'ils vont devoir garder leurs distances.

Je fais tout ce que j'ai à faire comme un automate. Je répète, mange, m'échauffe, me concentre. Mon équipe s'affaire, de coups de pinceau en coups de brosse, j'enfile doucement ma carapace. Les épaisseurs s'additionnent, les couches s'accumulent. Cette saleté est de plus en plus lourde à traîner.

Je m'étonne de pouvoir encore danser et chanter pendant presque deux heures avec ce fardeau sur les épaules. Mais comment ferais-je sans elle ? La question ne se pose même pas. Un dernier coup d'œil dans le miroir. La carapace est bien ajustée. Ce soir plus que jamais, il va falloir qu'elle tienne, qu'elle encaisse, amortisse, personne ne devra voir à travers. Ce soir, si ça se passe mal, je ne pourrai pas rentrer chez moi silencieuse retrouver tes bras. Alors, avant de quitter la loge et ma bulle, avant de me retrouver devant toutes ces personnes, avant de me noyer dans tout cet amour, avant de jouer mon rôle, je prends mon téléphone pour entendre ta voix.

Tandis que retentissent les bips de l'appel, me revient l'image de la petite fille qui rentrait chez elle, le cœur gros comme les bleus sur sa peau. Encore un de ces entraînements pénibles où je n'arrivais à rien. Je quittais la patinoire la rage au ventre. Je savais qu'au bout des peines il y avait le réconfort. Tes bras ouverts, ton regard pétillant et le câlin généreux. Tu savais tirer un trait sur ce que je pensais être mes plus grands malheurs. Tu le feras plus tard encore des centaines de fois. Maman. Toutes ces heures passées dans tes bras à chercher le réconfort et je fais quoi, ce soir ? Je t'appelle ? À la moindre de mes contrariétés tu mettais ta vie entre parenthèses et moi, ce soir, je te téléphone. Je devrais tous les renvoyer chez eux, remonter dans cette voiture et refaire les centaines de kilomètres qui me séparent de toi. C'est ce que devrait faire une fille pour sa mère. Mais de l'autre côté de ce rideau, des milliers d'inconnus m'espèrent. Je suis dans leur chambre, dans leurs oreilles, dans leur vie, alors ils peuvent tout exiger de moi. Quel est exactement le montant de ma dette envers eux ? Dois-je leur sacrifier ma mère ? C'est le sentiment que j'ai ce soir à attendre que tu décroches tandis que de l'autre côté du rideau j'entends la clameur qui monte. J'entends scander mon nom. « Lorie, Lorie… » Mon prénom, celui que tu m'as donné est Laure. Je suis bouffée par la culpabilité. Je me sens lâche, sale, parce qu'absente pour toi. Et si pendant que je chante… non je me refuse de telles pensées. Ce public incroyable, ce Zénith majestueux, ce concert magique en perspective, la promesse d'une soirée dingue… Tout ça ne fait que décupler la rage et la tristesse qui me ravagent le cœur et l'estomac. Je veux être avec toi, te border, vérifier que tu n'as besoin de rien, attendre que ton souffle s'apaise et que tu t'endormes. Être avec papa, à tes côtés. Je me réconforte en me disant que si je reste là c'est parce que tu me l'as demandé. Tu m'as dit que mes coups de fil te faisaient voyager depuis le fond de ton lit, que tu m'imagines dans ces lumières depuis ta chambre trop blanche et trop aseptisée. Tout ça te donne de l'énergie et de la force. Tu m'as interdit de tout arrêter pour rester avec toi, sans alternative. La sonnerie retentit une dernière fois, et j'entends à l'autre bout du fil ta voix fragile qui me rappelle à quel point tu es fatiguée. Mes larmes se mêlent aux paillettes et je te dis que ça y est, c'est maintenant. Dans quelques secondes, je vais entrer en scène et je t'entends presque sourire. Je suis la meilleure, je vais tout déchirer, tu es fière de moi, tu m'aimes. J'entends ça chaque soir avant le feu d'artifice. Ça me fout dans une colère impossible. Je me bats contre une balance mal réglée ou un mauvais retour. Toi tu te bats contre un cancer. Je joue à la chanteuse tandis que ma mère risque de mourir à des centaines de kilomètres, dans une chambre d'hôpital. Je me sens minable et je souris aux juges qui attendent depuis trop longtemps. C'est mon cœur qui saigne cette fois et je troquerais volontiers cette douleur intolérable contre mes petites courbatures de patineuse. Je me remémore ce sourire que j'offrais à la fin de mes programmes de compétitions, dans un ultime effort je parviens à fixer le même. Ça crie, hurle, saute, chante, danse, trépigne d'impatience. Je veux encore entendre ta voix, alors je vais les faire attendre encore un peu. Ils ne m'en voudront pas.

Comme un couple en cavale

Aux trains et aux avions, je préférerais toujours la route. La route lente qui nous dépayse sans forcément nous emmener loin. La route des stations-service comme des antichambres de la vie. Des millions d'âmes y passent quelques minutes sans jamais laisser de traces. Au loin, on voit la vie, la vraie, celle des clochers de villages qui émergent par-delà un bois, d'une voiture qui sillonne la route entre les collines. Sur la route on voit et l'on observe, alors j'ai pris comme une aubaine le fait de ne trouver aucun billet de train ni d'avion lorsque nous avons voulu partir pour un petit week-end en amoureux. J'ai insisté auprès du loueur de voitures pour qu'il me fournisse un véhicule confortable, pour qu'on puisse aller aussi loin que possible. Je voulais voir la mer, me baigner dans l'eau fraîche, me laver un peu de la ville. Mais avant cela, je tenais que nous fassions la route ensemble, que nous partagions cette parenthèse. Je voulais le regarder conduire en me racontant des souvenirs ou des projets. Je voulais qu'on se taise pour écouter la chanson qui passait. Je voulais qu'il me fasse découvrir ce rock indé des années 1980-1990 qu'il aimait tellement et que je ne connaissais pas. Moi je suis une fille de la variété et j'assume ! J'aime les succès nostalgiques pour seniors diffusés en radio. Je ponctuerai ses explications de textes savantes par un petit Goldman savoureux. On sera bien à bord de notre vaisseau. Tandis qu'il conduira en silence, je laisserai mon esprit faire des sorties de route, à mesure du paysage qui s'offrira à moi. Ici, une vallée en contrebas dans laquelle je me perdrai volontiers un matin de printemps. Là, une rivière dans laquelle oublier la chaleur suffocante d'un mois d'août caniculaire. Plus loin, un village où poser mes bagages pendant une semaine. Tous ces fantasmes que je ne réaliserai évidemment jamais mais dont la seule perspective me rend heureuse. Je m'étonne. Moi l'hyperactive au contrôle maladif. Saurai-je aussi me contenter de quelques envies abstraites de lâcher-prise ? Sans aucune volonté de faire ? L'imagination pour seul point d'orgue. Je vieillis. Je mûris. La route est riche d'apprentissages. Les paysages défileront et passeront du baume sur mes yeux. L'environnement immédiat d'une autoroute a beau être laid, au-delà des glissières de sécurité se dévoilent autant de promesses que de sorties.

Et l'on s'arrêtera prendre de l'essence, tâter le pouls de la campagne française, prendre le temps. Engourdis par plusieurs heures de route, on sortira de la voiture comme on sort du lit. Un peu chiffon, un peu séparé de la réalité par un voile de coton. Quelle réalité d'ailleurs ? Dans cette station on est ailleurs et les vies qui s'y croisent en font un canevas improbable. Évidemment la chanson de Fugain viendra mettre son grain de sel dans cette fourmilière éphémère. Les gens du Nord, les gens du Sud. Les regards se croisent et puis s'en vont. Je me demande si quelqu'un, un jour, quelque part ici ou là, a rencontré l'amour. Si vraiment une histoire pareille existe. Tout le monde semble si distant, tellement emmitouflé dans sa vie qu'aucun contact ne paraît envisageable. L'histoire est belle mais doit rester une histoire ! Un café. Les employés de la station tantôt avenants, tantôt amers... C'est la loterie de la route. On croisera des regards complices dans la file d'attente de la caisse.

En quittant la station, je prendrai le volant. J'adore conduire. Ce sentiment de liberté que me procure la conduite me rassure. Derrière le volant, je reprends le contrôle du temps et de l'espace. Alors je parlerai programme et trucs à faire. L'eau ne sera-t-elle pas trop froide pour s'y baigner ? Et si l'on surfait ? Tu as entendu parler de ce resto qui vient d'ouvrir près du port ? S'il pleut, on ira au cinéma. J'ai tellement de films en retard. Tout est si simple et si joyeux à bord de cette voiture. La vie est suspendue à nos seules envies et toutes les règles qui rythment notre quotidien n'ont plus aucune légitimité. On arrivera au petit matin, exténués. On mangera demain, j'ai plutôt envie d'une bonne douche. Viens la prendre avec moi. J'aime ces moments improvisés, ces instants de partage, de rires, de confidences. J'aime tous ces moments, dès lors que je suis avec toi. Comme des gosses amoureux. Comme un couple en cavale.

Je suis devant mon Mac à finir mon histoire. Dans le coin droit de l'écran, l'horloge m'indique que je suis en retard. Sac du week-end. Deux tenues. Mes baskets. Je claque la porte, direction l'agence de location quand mon téléphone sonne. Tiens, c'est lui...

Week-end à Barcelone

« Comme par hasard » est une expression que j'emploie souvent mais avec ironie parce que je ne crois pas au hasard. Je crois au moment, à l'alignement des planètes, à la coordination des temps... À chacun de définir cela comme bon lui semble. Toujours est-il que le fait de tenir aujourd'hui le livre de René Frydman (*Le Droit de choisir, manifeste des médecins et biologistes de la procréation médicale assistée*) entre les mains n'est pas le fruit du hasard. Je suis dans un train qui me ramène vers Sète.

Il y a quelques jours à peine, je débarquais à l'aéroport de Barcelone pour un rendez-vous crucial. J'avais décidé de prendre l'avion en raison des douleurs dont je souffrais depuis le début de mon traitement hormonal. Six heures trente de train dans mon état étaient inenvisageables. Depuis douze jours, tous les soirs, je m'administrais une ou deux piqûres d'hormones. Mes seins, mes hanches, mes fesses, mes bras, mes cuisses avaient doublé de volume. Je ne me reconnaissais plus. Dès le réveil un combat acharné commençait. D'abord une lutte contre la balance dont l'aiguille tirait chaque matin un peu plus vers la droite. Puis le combat se poursuivait contre le miroir qui me renvoyait l'image d'une parfaite étrangère. Trop grosse. Trop différente. Enfin l'ultime assaut se fait contre moi-même et cette capacité à parcourir toute la palette des humeurs en une seule journée. C'était la tempête sous mon crâne. Mon cerveau était submergé par un tsunami émotionnel. À fleur de peau, je pleurais pour rien, je crevais de chaleur et l'instant d'après, j'étais transie par le froid. Mes envies fondaient comme neige au soleil et je faisais preuve d'un je-m'en-foutisme de compétition. Je voulais la paix. Parfois que tout cela s'arrête, par n'importe quel moyen.

Et puis il y avait ces foutues douleurs au bas du ventre. Elles devenaient de plus en plus lourdes et constantes. À mesure que les piqûres quotidiennes s'enchaînaient, je sentais leur intensité augmenter. Au-delà de la transformation physique et du branle-bas de combat psychologique, le plus dur à supporter restait de loin ces crampes atroces, ces spasmes à répétition. La douleur chronique rend fou, mauvais. Elle vous transforme de l'intérieur et bouleverse jusqu'à votre façon d'appréhender les détails du quotidien. La positive attitude était alors un concept qui me paraissait abstrait.

Mais j'étais volontaire et consentais à ce sacrifice dans l'unique but que ce rendez-vous à Barcelone fonctionne. Je partais y congeler mes ovocytes dans l'espoir d'une FIV ultérieure. On était en décembre et la capitale catalane baignait dans une lumière rassurante. C'est précisément de réconfort que j'avais besoin. Je n'avais pas fait le voyage seule. Mon cher compagnon était là, bienveillant, à l'écoute, amoureux. Même si l'intervention reste néanmoins une expérience solitaire, il était là, et ça comptait plus que tout pour moi. Ma paranoïa aussi était fidèle au rendez-vous.

On avait fait le voyage ensemble. Dès ma sortie de l'aéroport, j'étais à l'affût cherchant à débusquer un de ces photographes à la con. Je scrutais l'intérieur des voitures pour y déceler le reflet d'un objectif. J'analysais le moindre comportement suspect. Être dépossédée de mon intimité dans un moment pareil aurait été une catastrophe et mon état mental de l'instant ne l'aurait sûrement pas supporté. J'aurais pu céder à la violence si j'avais repéré un de ces charognards prêts à compromettre quinze jours d'un traitement de cheval. Mais je me rends vite à l'évidence, personne de malveillant ne m'attendait. Au contraire.

Dix heures du matin, à jeun, j'avais rendez-vous. Les portes coulissantes de la clinique se sont ouvertes et j'ai donné mon numéro. On m'a gentiment demandé d'aller me présenter au comptoir du sous-sol. J'étais attendue. Autour de moi, d'autres femmes au ventre gonflé attendaient. La plupart étaient de nationalité française et l'équipe médicale s'y était adaptée puisque l'ensemble du personnel soignant parlait très bien notre langue. Je constatais que la clientèle française était majoritaire dans ce genre d'établissement, et pour cause. Pour congeler ses ovocytes en France, il faut répondre à certaines conditions. Il faut être atteinte de cancer, sous protocole de chimiothérapie, ou être atteinte d'endométriose. Justement, j'ai de l'endométriose… et pourtant je suis là. Je suis là car aux yeux de la loi je ne suis pas assez « atteinte ». En mars 2017, j'ai subi une intervention chirurgicale, ablation de nodules, d'une partie du tube digestif et du col de l'utérus. Le professeur qui m'a opérée a également décelé plusieurs nodules au niveau du diaphragme. En dépit de cela, je ne suis pas assez atteinte semble-t-il pour congeler mes ovocytes en France.

Et quand bien même ? Quand bien même je ne serais pas assez malade ? Pourquoi en 2018, la France, septième puissance mondiale, n'est-elle pas à l'écoute de ses citoyennes ? Pourquoi nous interdit-on de congeler nos ovocytes ? Pourquoi ne pouvons-nous pas disposer de notre corps comme bon nous semble ? Une incompréhension d'autant plus grande que certains pays voisins comme l'Espagne et la Belgique l'autorisent. Le législateur traîne des pieds sur la question. Le projet de loi est sans doute trop polémique (peurs sociétale et religieuse) pour aboutir. L'est-il davantage que ne l'a été celui de l'IVG ? Madame Veil a tenu bon, elle a résisté et obtenu pour toutes les femmes de ce pays le droit de disposer de leur corps.

Aux yeux de la loi, il est de la responsabilité de chacune de « prendre ses dispositions » afin de satisfaire ses projets de maternité avant la date de péremption. Ne pas laisser aux femmes le droit d'attendre, revient à nier le fait que l'émancipation de la femme n'est pas un sujet de notre époque. Combien de femmes célibataires, passé 35 ans, n'ont pas encore trouvé le partenaire pour fonder une famille ? Combien de femmes passionnées ont eu des opportunités professionnelles qu'elles ont voulu saisir ? Une étude récente révèle que les femmes se marient en moyenne à l'âge de 35 ans. Combien de femmes n'ont pas vu le temps passer ? Combien de femmes ont considéré que ce n'était pas le bon moment ? J'estime qu'en 2018, en France, une femme a le droit de décider du moment pour elle d'avoir des enfants. Je ne comprends pas. Dans ce petit salon individuel où j'attends de contrarier la loi française, j'en suis révoltée. Je vais devenir une hors-la-loi. Je m'en fous complètement si cela peut m'aider à réaliser mon rêve le plus cher. Une assistante médicale est venue mettre un terme à ma révolution intérieure en m'invitant à la suivre dans un vestiaire. Je m'y déshabille, dépose mes affaires dans un casier sécurisé, enfile la blouse blanche et m'allonge sur le lit qu'elle vient de m'avancer. Quelques secondes, une ou deux respirations pour me décontracter et l'anesthésiste est là.

« Yé n'arrive pas à vous piquer, seniorita Pester. »

J'aime son accent espagnol. Ça me fait sourire, et ça me distrait tandis qu'elle cherche une porte d'entrée dans mon système sanguin. Comme d'habitude elle va avoir du mal avec mes veines trop petites, comme d'habitude mon bras va finir en passoire. Une fois « pluggée » comme l'une des consoles de mes concerts, il est temps de rejoindre la salle d'opération et d'adopter cette position ô combien sensuelle des pieds sur les étriers. Je dirais volontiers « faites des gosses » mais on n'y est pas encore !

Le chirurgien me montre sept petits ronds de couleur plus foncée sur l'écran en face de moi, ce sont les ovocytes qu'ils vont essayer de récupérer.

« O.K. ! » dis-je bêtement, comme s'ils attendaient mon aval.

Le produit anesthésiant se propage dans mes veines, en quelques secondes je retrouve cette sensation de légèreté avant de fermer les yeux.

Quand mes paupières s'ouvrent à nouveau, je suis en salle de réveil. L'opération n'a pas duré plus de quinze minutes. Je sortais doucement de la torpeur avant qu'on ne m'emmène dans une salle de repos où les patientes reprennent leurs esprits calmement dans des petits box, séparés par des rideaux.

On me propose un jus de fruits, un petit en-cas, mais je n'ai pas faim. J'ai encore envie de dormir. Quelques minutes plus tard, le médecin arrive et m'explique, avec un air désolé qu'ils n'ont pu congeler seulement cinq de mes ovocytes. Cinq c'est déjà bien, pensai-je. Mais après avoir demandé l'avis des équipes qui me suivent en France, elles me confirment que pour une FIV il faut environ douze ovocytes. Il va donc falloir que je recommence.

Chaque intervention est une opération commando de dernière minute.

D'abord douze jours de piqûres d'hormones à une heure fixe, pour moi c'était à 19 heures et le dernier jour à 23 h 30. Allez trouver des infirmiers à une heure pareille ! Ensuite des prises de sang et des échographies tous les deux ou trois jours. Une de mes échos tombait le dimanche 24 décembre, pas de bol. Heureusement mon gynéco exceptionnel, était venu spécialement au cabinet ce jour-là en tenue de sport juste avant d'aller faire son footing. Les résultats sont ensuite envoyés à la clinique qui nous dit de nous tenir prêts. Elle nous fera signe dès que le moment d'opérer sera venu. C'est là que commence la course contre la montre. Quand la clinique donne son aval pour une intervention, on dispose de vingt-quatre heures pour trouver billets et hôtel. Rien d'insurmontable à condition d'être dans des dispositions psychologiques normales, et que ce ne soit pas pendant les vacances scolaires des fêtes de Noël où tous les vols sont complets. Mais évidemment je le referai. Je m'injecterai ces saletés d'hormones et je souffrirai encore.

J'attendrai encore comme une hystérique que la clinique me convoque et me demande de venir au plus vite parce que je veux un enfant. Et que ça sera pour moi comme pour toutes celles que j'aie croisées à Barcelone peut-être le seul moyen.

Ce soir, plus légère dans le train en partance de Barcelone et en direction de Sète, ce passage du livre de René Frydman fait une nouvelle fois déborder ma colère.

« En France [...] pour les hommes l'autoconservation de sperme en paillettes peut être réalisée sur simple ordonnance dans tous les laboratoires de ville agréés. Les hommes peuvent disposer de leur semence à tout moment, si besoin. Pourquoi l'équivalent pour les femmes poserait-il un problème de principe ? »

Belle-maman

Le va-et-vient des essuie-glaces. Un temps déprimant. Ce ciel gris va nous tomber sur la tête et l'humidité nous glacer les os. Il fait vraiment un temps à rester tranquillement chez soi, à cocooner près de la cheminée, bien installé sur le canapé, un bon livre sur les genoux et les pieds sous le plaid ou même encore mieux… bien à l'abri sous la couette à visionner des bons films.

Le portail s'ouvre, j'avance lentement sur le chemin qui mène à la maison. Le pied sur le frein, j'hésite. J'hésite à descendre de voiture pour aller chercher le courrier oublié depuis quelques jours dans la boîte aux lettres. J'essaie tant bien que mal de me protéger de cette pluie diluvienne, mais en quelques secondes seulement, je suis trempée. Je m'attends, comme d'habitude, à trouver des factures au milieu d'un tas de prospectus, mais cette fois-ci je découvre une enveloppe carrée et blanche.

Une fois au sec, je m'assois sur le canapé, dépose sur la petite table basse le courrier sans grande importance et garde en main cette étrange enveloppe. Elle m'intrigue. Je n'ai jamais reçu d'enveloppe de ce genre. La taille est originale. Son épaisseur et sa rigidité me laissent imaginer que ce n'est pas une simple lettre en papier. Qui me l'a envoyée ? Qu'y a-t-il à l'intérieur ? Ce n'est pourtant pas mon anniversaire, ni le temps des vœux de fin d'année. Je la touche, la sens, l'examine avec attention à la recherche d'un indice. Un peu comme lorsque j'étais enfant et que j'essayais de deviner mon cadeau de Noël avant d'arracher, un sourire aux lèvres, le papier d'emballage. Même si je suis d'un tempérament curieux, j'aime prolonger ces instants.

Je me décide enfin. À l'aide d'un couteau, je décachette délicatement l'enveloppe en prenant bien soin de ne pas abîmer son contenu. Je découvre des Polaroid accompagnés d'une lettre.

Sur la première photo, deux charmants garçons. Un beau jeune homme et un adolescent. Je les reconnais immédiatement. J'ai fait un petit bout de chemin avec eux. Ils ont grandi, mais n'ont pas vraiment changé. Juste un peu vieilli. Le premier a troqué sa tête d'ado contre un visage d'homme carré et viril. Le second, ses traits enfantins contre une posture d'adolescent qui essaie de montrer une relative confiance en lui. Je les aurais reconnus entre mille. Et puis finalement, ça ne faisait pas si longtemps que ça que nous nous étions vus, même si j'avais l'impression qu'une éternité s'était écoulée.

Dans la lettre, chaque mot est tendre. Et d'autres photos racontent un séjour à New York avec leur père. Avoir de leurs nouvelles me fait tellement plaisir. Je plonge dans le tourbillon du passé. Tant de beaux moments me reviennent en mémoire. Comme un film en Super 8.

Une fin de soirée d'anniversaire. Plusieurs personnes mettent leur manteau, rassemblent leurs affaires et se disent au revoir. Je suis au milieu de tous ces gens que je connais. Je distribue des bises. À mon tour, je prends mon manteau et mon sac. Il doit être 2 heures du matin ou plus, je suis la dernière personne à partir. Au moment de franchir la porte, les deux ados de la maison sortent de leur chambre pour me dire au revoir. Le plus petit me demande où j'habite. Je lui explique que ma maison est à l'extérieur de Paris.

« Mais papa, il est trop tard, on ne peut pas laisser Laure rentrer comme ça toute seule ! C'est trop dangereux. Il faut qu'elle reste dormir ici !

Puis me regardant :

– Si tu veux, je te prête mon lit superposé et moi je vais dormir avec papa.

– Ou bien vous n'avez qu'à dormir tous les deux ensemble ? » enchaîne le grand de 16 ans.

Je sens du feu sur mes joues. Nous voilà démasqués. Prenant un air amusé, je souris pour dissimuler ma gêne.

On ne peut donc rien cacher aux enfants et aux adolescents. Ces deux-là avaient déjà repéré l'attirance naissante entre leur père et moi.

Je suis donc restée dormir dans le lit de leur père, sans lui, qui dut se contenter du canapé. Le lendemain matin, face à une table couverte de boîtes de céréales et de pots de confiture, nous partagions notre premier petit-déjeuner dominical tous ensemble. Comme une vraie famille. C'était assez déroutant. On ne se connaissait pas encore bien alors j'ai eu droit à un interrogatoire en règle. Ce matin-là, nous savions que nous avions la bénédiction des garçons pour aller plus loin.

Si être mère n'est pas toujours un rôle évident à tenir, celui de belle-maman est une aventure semée d'embûches. L'accueil des belles-mamans, comme des beaux-papas, d'ailleurs, peut-être une affaire complexe. Une sorte de montagnes russes où l'on va de surprise en surprise. Après avoir séduit le père, il faut conquérir le cœur des enfants. Et ce n'est pas chose aisée. Ils peuvent être durs. C'est normal en même temps, quand on est enfant, on espère toujours secrètement que nos parents se retrouvent. Alors quand une autre personne débarque, elle peut vite être prise pour une ennemie. Il faut donc passer du temps ensemble, apprendre à se connaître… s'apprivoiser.

Et puis passer de célibataire à la seule fille dans un trio masculin, ce n'est pas de tout repos non plus. Il faut de l'entraînement. L'école, les copains, les jeux vidéo, le sport, la cigarette, le shit, les filles, les petites copines, les sorties, le sexe… Pas évident. J'essayais d'être là au maximum quand ils avaient besoin de moi. Je pouvais négocier certaines sorties pour eux auprès de leur père. Je les aidais pour les devoirs parfois. Avec le plus petit, ça allait, mais les devoirs de maths du plus grand me donnaient des migraines ! Pour moi, ça remontait, les devoirs. Et je me suis rapidement rappelé pour quelles raisons j'avais choisi de suivre des études littéraires.

Mes avis sur les petites copines étaient souvent les bienvenus. Parfois ils allaient voir leur père pour certaines choses qu'on ne se dit qu'entre hommes. Et moi, je jouais le rôle de conseillère pour des idées de cadeaux ou pour traduire les réactions complexes des filles, pas toujours simples à décoder à cet âge. Jouer les belles-mères relouves, ce n'était vraiment pas mon truc. La chambre pas rangée, les notes qui ne suivent pas, l'interdiction de PlayStation ou les sorties après les cours… je préférais laisser ça à leur père, mais parfois j'étais bien obligée. Je détestais ça ! J'attendais le fameux « T'es pas ma mère ! » mais je ne l'ai jamais entendu. Ils étaient trop bien élevés, trop polis et il y avait beaucoup d'amour entre nous. Au fond les enfants savent quand on agit pour leur bien, même si parfois, sur le coup, ils trouvent qu'on est un peu ringards. J'essayais toujours d'être la plus juste possible et tentais systématiquement de calmer le jeu entre les enfants et leur père.

En manque cruel d'enfant, je leur ai offert tout l'amour que j'avais en stock. Je me suis rendue très disponible et me suis investie dans cette relation. Je n'étais pas mère, mais j'aimais être belle-mère.

J'aime les enfants. Ceux de mes amies, ceux des autres, les enfants de l'hôpital de Margency à qui je rends régulièrement visite. Ce n'est pas anodin si, pendant plusieurs années, j'ai chanté pour eux. J'aime leur authenticité. Ils ne sont pas hypocrites. Ils sont vrais. Prêts à tout pour vous, même à vous offrir leur doudou préféré. Et s'ils ne vous aiment pas, ils vous le disent aussi. Avec la même franchise. La même sincérité.

Si parfois les choses se gâtaient entre leur père et moi, c'était souvent à cause de leur mère. L'ex avait du mal à m'accepter. Cela créait parfois une mauvaise ambiance. À croire que certaines mères souhaitent en secret que la relation entre leurs enfants et la nouvelle venue se passe mal. Difficile d'accepter que les petits s'attachent à une autre femme.

Étrange raisonnement… Je me suis toujours dit que si je me séparais du père de mes enfants, je croiserais les doigts et ne souhaiterais qu'une chose : qu'elle s'occupe bien de mes bambins et non l'inverse. Vous devez vous dire que je n'ai pas d'enfant et que je ne peux donc pas comprendre. Savoir. Non bien sûr, je ne peux pas savoir, mais je peux comprendre. Comprendre ce lien si fort qui unit un enfant à ses parents, car c'est exactement ce que je ressens pour ceux qui m'ont mise au monde.

Alors oui, voir une nouvelle femme débarquer dans la vie de son ex et de ses enfants peut avoir quelque chose d'effrayant. On peut avoir peur de perdre sa place. Les parents devraient penser au bonheur de leurs enfants avant tout. Pourquoi certains s'acharnent-ils à leur compliquer la vie ? Il ne faut pas que les enfants vivent dans un climat de stress et de disputes. Enfin… c'est mon avis.

Et puis les aléas de la vie ont fait que je me suis séparée du père de ces deux garçons. Une rupture, c'est toujours compliqué… mais quand il y a des enfants, c'est doublement douloureux. La culpabilité s'invite à la fête ! Sans gêne. On arrive comme ça dans la vie de certains gamins qui n'ont rien demandé. On partage nos vies, notre quotidien, nos humeurs, notre intimité, de vrais moments de tendresse. Des instants conflictuels aussi. Mais tout est amour. Et un jour, fin de l'histoire. Si ma relation avec leur père s'était dégradée au fil du temps, celle que j'avais avec eux s'était approfondie. Quitter leur père, c'était aussi les quitter. Et j'avais beau m'évertuer à les rassurer, impossible pour eux de ne pas se sentir abandonnés. Et pour ça, je m'en veux encore aujourd'hui.

La liste

Je me suis toujours tenue à distance raisonnable de la jalousie. Je n'en voulais pas dans ma vie. Mais la jalousie n'est pas un sentiment à qui on peut tourner le dos très longtemps. Elle se glisse parfois insidieusement dans tous les interstices du quotidien comme l'eau dans les murs. Un dégât des eaux qui commence par laisser une ombre à peine perceptible avant d'imbiber le mur de ta vie de taches indélébiles et nauséabondes. Comment ça commence ?

Il y a ces mots nouveaux dans ta bouche.

Il y a ce téléphone qui ne traîne plus, cette odeur sur une veste, ces journées interminables de travail, cette remise soudaine au sport.

Il y a parfois aussi ce nouveau bracelet, ce livre que tu lis, ce soin particulier dont tu fais preuve le matin.

Puis vient le temps des engueulades, celui des baisers qui se raréfie, comme les rires.

À cela s'ajoutent les vases vides, cette foutue fatigue, ces horribles messages sans réponse.

Les grasses matinées cèdent la place aux départs matinaux, de plus en plus tôt.

Il y a ces nouveaux amis, ces soirées sans moi dont tu parles vaguement.

Il y a ces regards fuyants.

Il y a peu d'écoute quand je te parle.

Il y a ce manque d'intérêt quand il s'agit de mes projets.

Il y a ce cheveu trop long et trop brun.

Alors on passe à la négation de soi au profit de l'autre.

Ton téléphone qui vibre la nuit.

Cette collègue dont je ne devrais pas m'inquiéter mais qui revient souvent dans nos conversations.

Tes appels dans une autre pièce, ce nouveau code PIN sur ton téléphone, constamment posé sur l'écran et ta sœur qui a soudainement besoin de toi… en pleine nuit.

Bien sûr que je suis parano.

Oui je devrais savoir que tu m'aimes.

Évidemment que je devrais te faire confiance malgré tes potes alibi.

Tes mensonges grossiers, ces aveux que j'attends.

Comment ça finit ? Comment ça, fini ?

Les étoiles attendront encore

C'était le printemps. Un lundi après-midi, je crois. Un rayon de soleil s'était invité dans mon salon. Très décontracté et contente de le voir, je l'accueille comme un membre de la famille. Encore lovée dans mon pyjama soyeux, affalée sur mon sofa une tasse à la main, du thé vert de Chine ni trop chaud ni trop froid. Je bullais en songeant à tous ces allers-retours pour aller pousser la chansonnette ici et là.

L'air est bon, la lumière est douce.

Cette petite pause dans mon cocon fait du bien ! Un, deux, trois… soleil, et hop tout s'arrête ! Un moment suspendu. Un de ces instants que l'on voudrait attraper au vol pour le garder en nous le plus longtemps possible. Foutaise ! En réalité on ne les frôle même pas. À peine peut-on les humer, les ressentir un instant au fond du cœur.

Tout à l'heure, j'irai dans le jardin, jouer à cache-cache avec le soleil et ses ombres mais pour l'instant je décide d'allumer la télé sans grande conviction. Je zappe avec mollesse, mes doigts appuient mécaniquement sur les touches. Bien sûr, je râle car aucune ne me captive, aucun programme n'attire mon attention à cette heure-ci.

Je choisis une chaîne au hasard. Le manque de contenu est consternant mais en même temps je n'avais pas envie d'un programme en particulier. Un thriller américain ? Trop fatiguée pour réfléchir. Un documentaire sur les animaux sauvages ? Sommeil assuré. Les actualités ? 100 % plombage de moral avec toutes ces catastrophes. Je n'ai envie de rien et rien ne m'inspire. Pas gagné, en somme.

Vautrée sur mon canapé, je suis comme hypnotisée. Totalement décontractée, un peu comme en apesanteur au-dessus de mon corps. Je regarde sans regarder, bois sans boire, respire sans respirer, je suis là sans être là, je suis lasse. J'ai l'impression de ne plus avoir les pieds sur terre, d'être en apesanteur. Loin du sol, tellement loin du sol, loin de tout. Ailleurs au point de ne même pas entendre le petit bip strident de la sonnerie de mon portable. Mon téléphone sonne à nouveau et cette fois attire mon attention. Enfin. Je me penche avec difficulté. Je pense à mon arrière-grand-mère, à 101 ans, elle montrait davantage de fraîcheur que moi à ce moment précis. Je saisis difficilement mon téléphone.

C'est Nadège, mon ancienne prof de danse. Adolescentes, avec mes copines, on se réunissait trois fois par semaine après le lycée pour suivre son cours de modern jazz. Elle m'explique qu'une de ses amies, infirmière à l'hôpital de la Timone à Marseille, s'occupe d'une petite fille, Selma, qui est une de mes plus ferventes fans. Elle me demande de lui écrire une lettre et d'y ajouter une photo dédicacée. Nadège me prie de le faire rapidement car l'état de santé de Selma se dégrade si bien que les médecins sont très inquiets.

Il y a deux minutes, j'étais dans ma jolie bulle et me voilà ramenée à la réalité de la vie. Évidemment je lui enverrai une photo dédicacée et j'y ajouterai un album, un livre… Tout ce qui pourrait lui faire plaisir. Je m'envoie un mail, comme un mémo pour ne pas oublier. Si cela devait arriver, je ne me le pardonnerais pas. Quand je n'ai rien à portée de main, ni papier ni crayon pour noter quelque chose, je m'envoie un mail. Il y a des soirs où je me retrouve avec des centaines de mails « à penser ». C'est ça quand on n'a pas de tête.

Assise au fond de mon canapé, je repense alors à tous ces enfants malades rencontrés depuis mes débuts. Ils sont tellement impressionnants, si forts, ils me bouleversent. Je ressors plus forte à chaque rencontre. Ils me disent tout le temps merci, alors que c'est moi qui devrais les remercier pour tout ce qu'ils m'apprennent. Jamais ils ne se plaignent. Ils se soucient de vous.

« Oh ! là, là ! Avec toute cette tournée, tu dois être bien fatiguée ! »

Fatiguée je l'étais certes, mais comment s'en plaindre face à des mômes en protocole de chimio. Ils vivent le moment présent, le vivent à fond, relativisent, se battent, foncent, sans se soucier des détails du quotidien. Ils nous font prendre conscience du superficiel, qu'il ne sert à rien de s'en tracasser pour des broutilles. Quand on pense injustice, ils vous répondent fatalité. C'est la vie.

Je crois que je vais m'allonger à nouveau, pas longtemps, le temps de fermer les yeux quelques secondes. Je revois le doux visage de Victoria. Je me souviens de l'appel d'Alain, le président de l'association Arc-En-Ciel, qui réalise les rêves d'enfants gravement malades. Alain me demande de rencontrer Victoria le temps de faire une photo, une dédicace et un bisou. En un éclair, je décidai de passer une journée entière à Disney. On pourra ainsi faire toutes les photos qu'on veut. Et même avec Mickey ou le prince charmant si ça nous chante ! Quelque temps plus tard, nous y sommes, manège après manège, Victoria oublie sa maladie. Sa maman était heureuse de la voir sourire ainsi. « Le hasard peut être une poussière dans l'ordre des choses », écrivait Jean Éthier-Blais. Le soir même, je chantais à une heure tardive au Victoria, un des clubs de Disney. Les médecins l'avaient exceptionnellement autorisée à veiller ce soir-là. « J'ai été très heureuse de passer cette journée avec toi. J'espère que toi aussi tu t'es bien amusée. Maintenant il va falloir que tu te reposes, et que tu prennes soin de toi. D'accord ? » Je l'ai longuement serré dans mes bras avant de la laisser rejoindre sa chambre d'hôtel. « Je t'appellerai pour prendre de tes nouvelles si tu veux bien », ai-je ajouté en la regardant partir.

Une fois chez moi, je me suis blottie par terre dans un coin du salon. Je suis restée là à pleurer durant des heures. Le temps a passé, passé, passé…

Le lendemain matin, alors que je suis encore endormie, Alain le président d'Arc-En-Ciel m'appelle et me passe la maman de Victoria.

Elle me dit combien la petite est fragilisée à cause de sa chimiothérapie. Elle se déplace avec difficulté et la tumeur dont elle souffre a touché son nerf optique. Victoria est atteinte d'un strabisme. Par miracle, me dit-elle, le lendemain de notre rencontre, Victoria avait tenu ses yeux parfaitement droits pendant quelques minutes, ce qui n'était pas arrivé depuis fort longtemps. Le temps d'un instant, sa maman était contente et ça lui redonnait de l'espoir. Le temps d'un instant, j'étais heureuse de ce début de journée.

Je raccroche, et je fais quoi après ? Je continue ma vie comme si de rien n'était ? Impossible. Quelques semaines plus tard, j'ai appelé Victoria pour prendre des nouvelles. Elle parlait d'une petite voix fatiguée, mais paraissait contente de me parler. Plus tard, sanglots dans la voix, on m'annonça que Victoria était désormais un petit ange. Mon petit ange. Depuis ce jour, je me suis fait la promesse de m'investir pour aider les enfants malades. Les faire rêver. Devenir ambassadrice d'Arc-En-Ciel pendant plusieurs années aux côtés de Sophie Marceau, participer à l'opération Pièces Jaunes pour collecter des fonds avec Bernadette Chirac et David Douillet. Être marraine de l'hôpital d'enfants Margency et trouver des fonds pour construire la maison des parents. C'était devenu ma mission.

Depuis dix-sept ans, il n'y a pas une année qui passe sans que je m'implique dans des actions pour les enfants. C'est capital pour moi. Vital.

C'est ainsi que je fais la rencontre de Selma.

La veille avant de me coucher, j'ai pris soin de préparer les petits cadeaux pour Selma. Je les ai mis en évidence dans l'entrée pour aller les déposer à la poste le lendemain.

La sonnerie du téléphone me réveille, encore, peut-être faudra-t-il me résoudre à couper la sonnerie la nuit. C'est un numéro que je ne connais pas. Je déteste les numéros inconnus. Habituellement, je ne décroche pas, mais là, bizarrement, mon instinct me dit de répondre. « Bonjour, c'est Sonia Rolland. » Je sais qui est Sonia, l'ex-Miss France, que je ne connais pas personnellement. Elle m'explique qu'elle a eu mon numéro par une connaissance commune, qu'elle tourne un documentaire à l'hôpital de la Timone à Marseille, y a rencontré une petite fille qui est super fan de moi. Elle me demande de lui envoyer une photo dédicacée, mais assez rapidement car les médecins sont très inquiets. Décidément. « Elle se prénomme Selma », ajoute-t-elle. D'abord, le silence. Puis des frissons qui parcourent mon corps. Je reprends lentement ma respiration pour remercier Sonia de m'avoir appelée en ajoutant que je ferai, bien évidemment, le nécessaire pour faire plaisir à cette petite fille. Qu'étais-je censée faire après cela ? Continuer ma vie comme si de rien n'était ? Oui, on me parle souvent d'enfants malades, certes on me demande souvent de les appeler, les rencontrer, leur envoyer des petits cadeaux… Mais jamais on ne m'a sollicité à deux reprises pour la même enfant.

Ce n'était pas un hasard ! Pour moi, ce fut un signe. Un signe du destin. À cet instant, je repense à cette phrase : « Le destin existe seulement pour ceux qui y croient. »

Je me redresse dans mon lit et c'est pleine d'énergie que je consulte mon planning, j'appelle mon équipe pour me faire confirmer un jour off. C'est bon, je suis dispo, je n'ai rien de prévu. Je vais faire un aller-retour à Marseille dans la journée de vendredi.

Au comptoir d'enregistrement, la jolie petite hôtesse avec son costume bleu et son petit chapeau posé de côté m'annonce que le vol est surbooké et que je suis donc sur liste d'attente.

« Pardon ? C'est une blague ?

– Non madame, on va essayer de vous mettre sur un autre vol cet après-midi ou demain matin car tous nos vols sont complets.

– Mais il est hors de question que je parte cet après-midi ou demain ! Regardez, mon retour est prévu ce soir ! Je dois absolument prendre ce vol.

– Je comprends madame, mais…

– Y a pas de mais ! Je vous dis que je reviens sur Paris ce soir. Je vais passer la journée avec une petite fille malade. Ses jours sont comptés, si ça se trouve avec votre vol de demain, j'arriverai trop tard là-bas ! Appelez-moi votre directeur. Je monte dans cet avion, un point c'est tout ! »

Je ne m'étais jamais autant énervée dans un aéroport. Habituellement, j'essaie de me faire discrète dans ce genre d'endroit. Là, à cet instant, tout le monde me dévisageait, me regardait de travers et faisait des messes basses. Les gens devaient certainement se dire que c'était encore une « personnalité » qui faisait un caprice. Mais ce qu'ils pensaient, m'indifférait. Et des caprices comme ceux-là, si c'était nécessaire, j'aurais pu en faire tous les jours.

J'arrive à la Timone, souriante, décontractée et pleine d'entrain. Les médecins et les infirmières m'attendaient avec impatience. Leur regard disait toute la difficulté de leur combat, la tristesse, le désarroi face à l'échec. Je prends une grande respiration et pousse doucement la porte blanche qui s'ouvre sur un petit bout allongé dans un lit bien trop grand pour elle. Un corps, trop petit, frêle. Tellement faible pour son âge. Au bout de ce petit corps, un visage, aux traits creusés et aux paupières closes. Je la contemple, elle a l'air si calme. Je me demande ce qu'elle voit en rêve. Elle est ici, mais semble ailleurs dans ses pensées. C'est alors que le papa de Selma la réveille. Il m'explique que d'habitude, la petite est sous calmant pour éviter qu'elle ne souffre trop et ainsi faciliter son sommeil. Mais pour l'occasion, ils lui ont administré des vitamines pour rester éveillée suffisamment longtemps.

Selma ouvre les yeux doucement, son papa lui dit qu'il y a une surprise dans sa chambre. Elle tourne lentement la tête vers moi. Et là, le temps s'arrête. Je me souviendrai toujours de ce moment. Sa bouche qui m'offre ce magnifique sourire, ses grands yeux marron brillants et cette petite larme de joie qui coule sur sa joue.

Je me contiens pour ne pas laisser paraître mes émotions. Silencieuse, je souris. Dans ma tête, je lui parle. « Petit ange, les médecins m'ont dit que dans quelques jours tu seras une étoile qui éclairera nos tristes nuits. Je ne peux pas y croire, je ne veux pas y croire. Mais pour l'instant, tu es là et nous allons passer une journée toutes les deux. Ce moment n'appartiendra qu'à nous. Personne ne pourra nous le voler. Et tu pourras l'emporter avec toi quand tu partiras. »

Cette journée fut emplie d'amour, de secrets partagés, de promesses faites, de rires, de caresses et de tendres baisers. J'ai passé un moment inoubliable à son chevet.

J'aurais aimé que cela ne se terminât jamais. Et quand il fallut se dire au revoir, ce fut très douloureux. Un vrai déchirement. Je l'ai embrassée tendrement. J'ai dit encore deux, trois bêtises pour la faire sourire. Une larme a encore coulé sur sa joue. Je lui ai dit de ne pas oublier nos promesses, que l'on se reverrait bientôt.

Il arrive parfois que l'on fasse des promesses sans savoir si l'on sera capable de les tenir. On pense bien faire. Cette promesse était comme les fils d'une marionnette : juste pour l'aider à se relever. À y croire encore. Je suis sortie de la chambre. J'ai croisé les parents de Selma. Son papa a éclaté en sanglots dans mes bras. Il m'a dit qu'il allait prier tous les jours pour moi.

Médecins et infirmiers pleurent aussi. Ils me remercient à leur tour. Mais je ne les entends pas vraiment. Je suis déjà loin, dans ma bulle. Rien de ce que je viens de faire n'est exceptionnel. Rien de plus normal que de venir rencontrer Selma. Mon instinct me guidait. Certaines choses ne s'expliquent pas. Il faut juste écouter cette petite voix au fond de nous. Comme ça, sans réfléchir. C'est ce que j'ai fait et je ne l'ai pas regretté, car ce moment unique que nous avons partagé est placé sous le signe de l'amour pour l'éternité.

Pendant le vol de retour, il m'était impossible de parler. Une fois rentrée, je me suis blottie dans un coin. Assise par terre, je me suis mise à pleurer. Le temps a passé, passé, passé... Je suis restée là plusieurs heures à laisser couler sur mes joues toute cette injustice, toute mon incompréhension et ma faiblesse de ne pouvoir rien faire pour la guérir.

Et je fais quoi après ? Je continue ma vie comme si de rien n'était ? Impossible. Mais les journées passent quand même, sans nous demander notre avis.

J'aurais voulu que le temps s'arrête pour que cette petite Selma reste avec nous pour toujours. Mais c'est comme ça. Qu'on le veuille ou non, la vie reprend toujours le dessus, et les journées s'enchaînent comme avant. Comme avant mais avec toujours une tendre pensée pour ma petite puce. Quelques semaines plus tard, après de longues minutes à observer mon téléphone sans le saisir, je décide enfin d'appeler l'hôpital pour parler à Selma. Si je me référais à ce que les médecins m'avaient dit lors de ma venue, elle était déjà partie au pays des anges. Mais je ne voulais pas y croire, je voulais savoir. Il fallait que je me fasse une raison. La voix du médecin du service se fait entendre à l'autre bout du fil. Je lui demande à parler à Selma. Silence au bout du fil.

« Mais madame, Selma est partie.

– Comment ça, partie ? Partie, partie ? Là-haut ?

– Non madame, elle est rentrée chez elle pour quelques jours, car elle allait un peu mieux. »

Mon cœur faillit exploser ! J'avais envie de hurler. Mais très vite, je me suis raisonnée. Il fallait que je redescende. Il n'était pas rare que des personnes malades traversent des périodes de « mieux » avant de partir. Les médecins avaient certainement pensé qu'il serait bon pour la petite Selma de passer un peu de temps auprès des siens avant de… partir vraiment. Je lui explique qui je suis, lui rappelle ma rencontre avec Selma. Il me communique le numéro de Selma, je raccroche et compose immédiatement son numéro. Son père répond. Il est heureux que sa fille soit à la maison, me remercie encore de nombreuses fois avant de me passer Selma. Sa petite voix me donne immédiatement des frissons. Je suis si soulagée de l'entendre.

Nous papotons. Je lui pose mille questions. Comment va-t-elle ? Est-elle fatiguée ? Que fait-elle de ses journées à la maison ? J'entends dans sa voix le bonheur d'être de retour chez elle auprès des personnes qu'elle aime le plus au monde. Selma me pose aussi beaucoup de questions sur ma tournée, les villes où je vais chanter. « Si tu viens à Marseille, tu passes me voir ? » me lance-t-elle. Mais bien sûr !

Après avoir raccroché, je me suis blottie dans un coin. Assise par terre, je me suis mise à pleurer. Le temps a passé, passé, passé… Et après, je fais quoi ? Je continue ma vie comme si de rien n'était ? Impossible. J'avais peur de reprendre ma vie comme avant et qu'un jour on m'appelle pour me dire qu'il y avait une étoile de plus dans le ciel.

Les jours ont passé, les mois, les années… J'appelais Selma pour avoir des nouvelles. Parfois, c'était elle. Selma reprenait des forces, du poids, des centimètres, elle reprenait sur la vie.

J'ai toujours eu peur d'une rechute. Parfois c'était compliqué pour la petite mais elle tenait bon.

Selma a 25 ans aujourd'hui. C'est une belle jeune fille qui croque la vie à pleines dents. Je me réjouis de ses textos et quand on est ensemble, on se remémore parfois nos petits moments. Comme ce jour où elle est venue me voir en concert à Marseille. Elle a assisté au show avec sa famille, et nous nous sommes retrouvées dans ma loge après le spectacle. Je la revois remonter le long couloir au sous-sol du Dôme. Menue, fragile. Quel bonheur de la voir se déplacer ainsi alors qu'il y a quelque temps elle était allongée, faible dans un lit d'hôpital incapable de soulever une pochette de DVD vide !

Elle approche doucement accompagnée de ses parents. Je la serre fort dans mes bras, les invite à entrer dans la loge. Ils sont touchants, gênés, soucieux de ne pas déranger. À ce moment, la porte de la loge s'ouvre et un énorme gâteau apparaît, et tout le monde se met à chanter « joyeux anniversaire ». Nous avons mangé tous ensemble le gâteau de son dixième anniversaire. Encore des moments inoubliables passés ensemble.

Je me souviens aussi avoir commandé sur Internet un bouquet de fleurs pour ses 20 ans. 20 ans ! Un nombre qui me vole un sourire. Et dire qu'on ne lui donnait que quelques jours lorsque nous nous sommes rencontrées la première fois. Quand elle m'a appelée pour me remercier et me dire qu'elle n'avait jamais reçu un bouquet aussi énorme de sa vie, je pouvais entendre son rire au bout du téléphone. Et ce rire, c'était mon bonheur.

Sa guérison était-elle écrite ? Notre rencontre était-elle le fruit du hasard ? Cela a-t-il changé quelque chose ? On ne le saura jamais. Mais il y a une chose dont je suis certaine, je remercie la vie chaque fois que Selma me dit qu'elle va bien.

Assise au bord de mon nuage

Je tourne la tête lentement, derrière moi, le vide. Accrochée à une paroi rocheuse à plus de 100 mètres d'altitude, je prends véritablement conscience de ce que signifie contrôler sa peur. Je sais que la panique entraînera une chute vertigineuse en dépit de et malgré la corde de sécurité, alors je me concentre. Mes doigts confrontés à la roche saignent abondamment. Mes muscles sont en alerte, tendus, douloureux. Je n'ai pas le vertige mais je sens monter parfois des bouffées d'angoisse que j'essaie de réprimer en me concentrant sur l'effort à fournir pour la prochaine prise. Putain, c'est haut ! Qu'est-ce que je suis venue faire dans cette galère ? Je ripe, je me rattrape, je regarde encore en bas, j'ai des crampes, envie de lâcher, mais je dois continuer. Impossible de descendre de toute façon.

Paris est la ville parfaite pour se perdre. Ses rues, méandres invitant au lâcher-prise, ses quais, le long desquels il fait bon flâner, ses terrasses, où l'on vient du monde entier s'adonner à l'art de vivre à la française ou simplement s'asseoir sur un de ses nombreux bancs publics. Mais à Paris, on se perd aussi dans les petits tracas qui cumulés peuvent saccager votre journée et vous tirer des larmes de rage. Paris est la preuve que les problèmes n'arrivent jamais seuls. La capacité qu'a cette ville à vous offrir un enchaînement de petites galères exécrables est inimaginable. J'adore Paris malgré ses innombrables écueils, ses crottes de chien, ses sociétés de BTP, ses nuisances sonores, marteaux-piqueurs, klaxons, la pluie, les camions de déménagement... J'adore cette ville en dépit de tout cela ! Alors dans les moments où je l'aime d'un amour irraisonné, je la quitte. Je m'en vais vivre une idylle passagère avec une autre, me laisser caresser par des vents nouveaux, m'enivrer de parfums différents. Là, un petit village au-dessus de Grenoble est mon refuge quand Paris et moi avons besoin d'un break.

On ne se regardait plus comme il fallait, on ne s'autorisait plus aucun moment à nous et nous nous retrouvions entravés par les contraintes du quotidien, celles qui d'ordinaire dans un couple font qu'on se demande ce que l'on fait ensemble. Paris m'étouffait, je commençais à regarder les autres, plus à l'écoute, plus faciles à vivre. À cela venaient s'ajouter des problèmes professionnels assez stressants et une rupture amoureuse dont le souvenir était encore douloureux. Bref, rien n'allait plus entre elle et moi, et comme cela m'arrive très souvent ces derniers temps, je finis seule sur un quai de gare, valise à la main et crâne au bord de l'implosion. « Y'a des jours comme ça où tout ne va pas pour le mieux, Y'a des jours où tout part en couille, tout coule... » Merci Kool Shen.

Et si je n'arrivais pas à rejoindre ce foutu sommet ? Et si je bloquais en plein milieu de cette paroi ? Et si mes muscles s'atrophiaient à cause des crampes et que je ne pouvais plus bouger ? J'ai vu ça une fois dans un documentaire. Le type s'est figé, ses muscles se sont tétanisés et il est tombé. Sauf que lui faisait de l'escalade sans corde. J'entends une voix qui me rassure, qui me guide et me donne la force de repartir.

Bien que l'été ait pris ses quartiers dans la capitale, un vent glacé balayait le quai de la gare. Je voulais que le train arrive, me capitonner dans mon fauteuil et dormir le trajet durant. Sauf que la mauvaise odeur corporelle de mon voisin de droite ou la surdité de celui d'en face étaient des moindres maux en comparaison de tout un wagon de gamins fous de bonheur de s'être débarrassés de leurs parents. Je pris mon mal en patience jusqu'à Grenoble. La tête enfouie dans un pull enroulé autour de mon cou, je m'offrais un refuge suffisamment obscur et parfumé pour oublier ma condition d'usagère précaire.

Sur le trajet, j'eus largement le temps de repenser à ce qui m'amenait à Grenoble : mon cousin. Il avait insisté pour que je le rejoigne, sentant qu'il fallait que je me mette au vert. Il est comme ça le cousin. Il comprend les choses. Son remède à lui, c'est la montagne. Quelques jours plus tôt, nous avions échangé des messages. Il a lu ma détresse entre les lignes des premières banalités de notre conversation :

« Ça va ? Quoi de neuf ?

– Ça va et toi ?

– Ça va ? C'est tout ? Tu es sûre que tout roule ? »

Il n'aura pas fallu épiloguer des heures avant qu'il me propose de passer quelques jours avec lui. Je savais que son remède c'était le grand air en pleine nature, mais cette fois il me réservait une petite surprise.

Pour lutter efficacement contre les angoisses de l'altitude, il faut se laisser happer par la beauté du moment, se repaître du paysage. Pas facile ! Mais il a raison mon cousin, c'est magnifique et ça marche. Accrochée à ma corde, les pieds dans le vide, je me laisse envahir par la majesté de ce moment. On y voit à des kilomètres à la ronde. Le bleu parfait du ciel affronte le gris de la roche et le vert des vallées environnantes. Ils jouent à qui disparaîtra le premier. Quand elle est aussi puissante, la nature est effrayante de beauté et nous rappelle la petitesse de notre condition. C'est bon de se sentir minuscule.

Lui est mon cousin par le truchement de l'état civil. Si la loi nous permettait de choisir, je l'aurais désigné comme frère. J'ai grandi avec lui et son statut d'aîné en a fait le héros de mon enfance. Je répétais ce qu'il faisait. Je le suivais partout, persuadée qu'il fréquentait des endroits magiques et qu'il fallait que je sois comme lui. Petite, il était pour moi un modèle à qui je n'obéissais pourtant pas à la lettre. Il aimait *Ken le survivant* et moi je l'obligeais à regarder *Punky Brewster*, *Jane et Serge* ou *Cat's Eyes*. Ça partait alors très souvent en dispute comme entre frère et sœur. Souvent il me consolait, me rassurait. La vie qui nous a éloignés, n'a pourtant rien changé entre nous. Nous sommes restés soudés. Aujourd'hui, il est guide de haute montagne, un univers diamétralement opposé au mien. Il pourrait allumer la télé de temps en temps histoire de se tenir un peu au courant, mais ça, ce n'est pas souvent… Il aime sa montagne et s'y consacre complètement. Quand je lui ai annoncé que je participerai à l'émission *Danse avec les stars*, sa réaction a été sans appel : « Ça a l'air super cette émission ! Et tu vas danser avec quelle star ? » J'étais sa cousine pour l'éternité et il ne s'était pas fait à l'idée de mon nouveau statut. Je suis et je resterai Chacha l'emmerdeuse.

Je l'admire toujours autant. Il est resté mon héros. Il fait des choses extraordinaires avec facilité et humilité. Plusieurs ascensions du mont Blanc, des montagnes au Népal, en Patagonie, au Japon… C'est sa vie. Pourtant il trouve encore le temps d'emmener sa cousine loin de ses problèmes. Quand nous étions petits, il me faisait grimper aux arbres. Aujourd'hui il a décidé de m'emmener un peu plus haut.

Les retrouvailles sur le quai de la gare de Grenoble furent aussi brèves qu'intenses. À peine le temps de passer nous changer et nous voilà au pied de la falaise qu'il avait l'intention de me faire escalader. J'avais l'impression d'être un petit bout de rien. Sidérée par la taille de ce gros caillou sorti de terre, je n'étais pas certaine d'y arriver. C'était trop haut, trop long. Je n'aurai jamais la force de tenir jusqu'au bout. Après une marche d'une heure trente bien pentue, nous arrivâmes au pied du mur de granit. Deuxième étape, deux heures d'ascension. Ma nuque me faisait mal à force de regarder ce sommet inatteignable. J'aurais pu dire non, j'aurais pu renoncer. Mais je suis partie, confiante parce que mon cousin était là, juste à côté. Centimètre par centimètre j'avance, je respire, gérant mon stress.

Les derniers mètres sont les plus difficiles… et les plus jouissifs. On voit la fin, on atteint l'objectif, on prend un dernier shoot d'adrénaline, pour finir. C'est grisant, surtout après un tel effort. Je croyais vraiment devoir abandonner mais dans ce cas de figure précis, l'abandon n'était pas une option. La seule issue possible était au sommet du mur. L'échec ne serait-il qu'une vue de l'esprit ? La réussite n'est-elle pas toujours la seule option ? C'est peut-être parce qu'on se laisse la possibilité d'abandonner, qu'on abandonne. De qui dépend réellement notre réussite ? Des autres ou de nos propres exigences ?

J'essuie les gouttes de sueur qui perlent sur mon front. J'ouvre grand les yeux face au paysage, et je saute au cou de mon cousin, tellement heureuse. Je suis arrivée ! Je suis arrivée ! Je suis au sommet !

J'ai l'impression d'être assise au bord d'un nuage. Je pourrais presque toucher le soleil. Je regarde la vie qui défile sous mes pieds. Haut perché, on se sent fort, inaccessible. Mes petits problèmes parisiens semblent loin, derrière la ligne d'horizon. Ce ne sont déjà plus les miens. Je m'en suis délestée durant l'ascension. Ils se sont fracassés cent mètres plus bas. Tout n'est qu'une question de point de vue. Ce défi inattendu m'a fait l'effet d'une thérapie de choc. Les épreuves ne sont pas ce qu'elles paraissent. Elles ne sont pas forcément infranchissables à condition de ne pas regarder trop loin devant, de ne pas trop fixer le sommet. Avancer par étapes, mètre par mètre, se concentrer sur l'effort à produire pour atteindre la prochaine station. Cheminer raisonnablement. S'accrocher et se montrer patient. Bander les muscles. Serrer les dents. Bannir l'option abandon. Avant de faire toute une montagne de mon prochain problème, je tâcherai de me souvenir de ce moment à tout jamais dans toutes les ascensions vertigineuses auxquelles la vie me confrontera.

Remerciements

Merci à Michel Duplessier, David Kuhn, Caroline de Chantérac, Cynthia Savage, Laurence Baudu et les équipes des Éditions Ipanema ; Jean-Nicolas Berniche ; Emmanuelle Raux-Boterberg ; mes parents, ma famille, mes amis, Yann.

Merci à toutes les personnes qui m'ont inspirée, à tous ceux qui m'ont soutenue pendant l'écriture, et bien entendu, merci à vous qui lisez ce livre.

L'endométriose, maladie gynécologique chronique, concerne 1 femme sur 10. Dans le monde, près de 180 millions de femmes en sont atteintes. Sur 10 femmes qui en souffrent, 3 ou 4 n'auront pas d'enfants. L'infertilité n'est pas la seule conséquence de la maladie : douleurs invalidantes au quotidien, traitements et chirurgies parfois très lourdes… Parce que c'est une maladie complexe à identifier, le délai moyen de diagnostic est encore de 7 ans.

EndoFrance est la première association de lutte contre l'endométriose créée en France, en 2001. Elle est reconnue d'intérêt général, animée par des bénévoles partout en France et dans les Drom-Com et soutenue par un comité scientifique composé d'experts de la maladie. EndoFrance a publié un livre, *Les Idées reçues sur l'endométriose*, et collabore avec les pouvoirs publics ainsi que les professionnels de santé pour améliorer la prise en charge de la maladie en France et au niveau européen. Ses missions se retrouvent dans son slogan : Soutenir, Informer, Agir.

Plus d'informations sur www.endofrance.org